Je

Françoise Danthine

Je

roman

Les éperonniers

Collection Maintenant ou Jamais

Maquette et composition: Philippe Ruelle

Distributeurs:

Belgique:
Les Presses de Belgique
Boulevard de l'Europe, 117 - 1301 Wavre
Tél.: 010/41.78.50 - Fax: 010/41.20.24

France:
Librairie Wallonie-Bruxelles / Thierry LEROY
Promotion: Werner LAMBERSY
46, rue Quincampoix - F-75004 Paris
Tél.: 00 331/42.71.58.03 - Fax: 00 331/42.71.58.09

Canada:
Diffusion Liber T inc.
CA-4380 St Denis, Montréal, QC H2J 2L1
Tél.: 001 514/844-2254 - Fax: 001 514/848-016

Suisse:
GM Diffusion
2, rue d'Etraz - CH-1027 Lonay
Tél.: 0041 21/803.26.26 - Fax: 0041 21/803.26.29

Sur simple envoi de votre carte, nous vous tiendrons régulièrement au courant de nos publications.

Centre Culturel de la Communauté française de Belgique,
Le Botanique, rue Royale 236, 1210 Bruxelles
tél. 32-2-223 16 61 • fax 32-2-223 18 93

Peu suffit. Un bistrot, un sucre. Rien.
Vouloir est une chose simple.
Ça commence comme ça.
Des années de silence. Un jour.
Une chaise vide, le besoin de parler pour ne pas oublier.
L'envie pour inciter le crayon, les doigts posés sur la pointe, le noir, immobile.
C'est ça.
Conjuguer le passé au présent. Je. Tu. Il.
Trois rencontres, Aimée, Fet Nat, Fa.
Trois fragments d'une vie.
Trois images de la différence.
C'est aussi l'instant où le crayon plus fort que le silence, se met à écrire.

à Lui,
à Elles

JE

Première Partie

13 septembre 1994, 10 heures

Je suis assise.
Sous la table, mes jambes se croisent, s'effleurent. Mon bas flèche. La flèche monte, mon doigt cherche, dépasse la fuite de la flèche, rencontre la nuit de ma jupe, fouille, chatouille l'intérieur de ma cuisse, s'évade dans le noir.
Dix heures sont dépassées. Le vent étreint les formes, les pieds, ne les réveille pas.
Le café, lui, se lève, regarde d'un œil averti la mise en place des gâteaux, l'indiscipline des «mendiants». À leur façon d'être pressés l'un contre l'autre dans la chaleur rassurante du sucre, je sais que je n'en mangerai pas ; n'aime pas la promiscuité, le bavardage.

Déteste les gens qui mangent debout, demandent l'addition avant le café, ne savent pas profiter de l'attente. Déteste quand tout est prévu, l'instant où l'attente s'installe dans le ridicule.
Les yeux rivés à la porte du café, je joue l'assurance, les doigts rouges, ensanglantés par un sucre. J'en ai marre de l'ombre improvisée des gâteaux, de l'obscurité dans laquelle ils me plongent.
– On blanchit sous le harnais?
Les mots intriguent, la voix inquiète réveille les souvenirs.
Je me retourne, décroise les jambes, tant pis pour la flèche.
Debout, la bouche ouverte, une silhouette, un meuble d'époque s'anime, accuse. Elle est là.
Mon amie d'enfance. Aimée en robe de dentelle se dandine au milieu du café, sa taille alourdie par le sucre, pareille à nos dix ans, plus ronde peut-être, intacte.
Je vois ses bras vides, ses poches déformées mises à nu, contraintes par les formes. Puis j'écoute ses mots sortis de l'ombre, dans la lumière de sa bouche.

13

ELLE DIT : Hier encore, un homme de plume m'a soufflé cette phrase insensée : «Les vieux fous sont plus fous que les jeunes».

Elle crie, ne sait pas qu'elle crie, dénonce. Son corps fatigué se courbe, comme si elle voulait sortir de son cadre, se froisse un peu plus...

Ses mots dérangent, me dérangent. C'est une certitude. Elle les a gardés, cajolés même, entretenus. L'époque, la sienne, n'est plus la mienne. Peu importe, elle est là, n'a pas changé, porte des jupons de dentelle.

Le froissement de ses dessous, de ses anglaises sur l'acier froid de la chaise design, ranime mes souvenirs.

Il faut. J'entrouvre mon sac, plonge la main, retrouve «Je». Toute mon enfance retenue dans un petit carré de tissu froissé.

Apaisés par le contact du coton, mes doigts fouillent l'étoffe, violent l'odeur enfouie dans les replis du mouchoir. La salive, l'haleine, la peau, leurs parfums qui se mêlent, froissés ; mon odeur, retrouvée dans ce «Je». L'enfance, respirée sans fin.

Mes yeux se ferment. Les mots se bousculent, essaient, retrouvent les gestes perdus, enfouis sous une vie. La première. Sans égards, ils transpirent rires et bobos, traversent l'étoffe du mouchoir, font revivre nos dix ans. Aimée. Un père.

Douze heures.
Soucieux, le vent délie les formes creuses, les ventres las.
Personne ne l'attendait.
Personne n'était sûr de vouloir revivre son époque, ses plis.
Aimée, elle, ne sait pas qu'elle impose, a toujours imposé, en impose encore. L'angoisse de ses centimètres, ses caprices, ses espoirs de grosse, son visage rond, trop rond pour son âge, lisse en plus.
Arrêtées par les replis bombés de ses joues ; sa chance, la chance des grosses, l'unique, ses rides se sont fondues dans la masse, ont décidé mes mots, les ont incités à revivre. Parler...

❖

15

Septembre 1930

Elle brille, ses yeux seulement. Le reste est rond. À l'école, les garçons la regardent, n'ont pas le même sourire pour Aimée, différent, plus près du rire, semblent l'aimer pour autre chose, la poussent contre le mur sombre de la cour ; moi, jamais.
Souvent, quand elle ne mange pas, a épuisé sa réserve de sucreries, elle les suit, fière. Ils sont deux ou plus, peu importe, pourvu qu'ils aient un «dix heures» en échange.

Un jour, restée en punition dans la classe, j'entends leurs gloussements par la fenêtre entrouverte. Ils sont trois, lui font des choses. Elle est seule dans son pull rouge, un caramel en bouche.
Ses yeux sont absents, méconnaissables. Leurs mains de jeunes mâles sont là, aucune n'est restée en poche, ne joue aux billes, lutine simplement. Elle aime ça, c'est inévitable. Aimée rit, s'invente

des amis. Eux mouillent le bas de leur pantalon, le haut de leurs bottillons, semblent fiers à dix ans de pisser dans leur calçon.
Pressées contre son pull, les mains semblent chercher, fouiller la laine. Ça devait arriver avec ces seins-là.
Le plus timide savoure la cerise. Les autres, plus téméraires, dévorent le gâteau à pleines mains, se passent la cerise de plus en plus émue, de plus en plus ferme, palpent du bout de leurs doigts aux ongles rongés d'espoir, le bouton naissant de son sein, celui qui, à dix ans, n'attend plus les grandes vacances pour gonfler sous le rouge du chandail.

Moi, je suis trop longue pour mon âge, maigre, sans forme, pas même un raisin de corinthe pour faire onduler les points de la laine.
Je ne fais rire personne, sauf Aimée, par mes fautes d'orthographe !

Elle aime rire. Tous ceux de la classe, les garçons surtout, l'ont fait rire, une fois au moins, le mercredi après le «cours de choses» dans les toilettes, l'odeur des toilettes, la puanteur de l'urine. Jamais le jeudi après-midi, le jour des anniversaires, elle n'est pas invitée.

❖

Une après-midi de septembre, Aimée nous invite chez elle pour son anniversaire. Sa mère, *Madame veuve de Castillac*, habite un château. Son père est mort d'épuisement. On l'a retrouvé éteint, un soir, dans sa bibliothèque, assis dans son fauteuil préféré, une main sur Stendhal, l'autre dans le noir d'une barre de chocolat. Même ses ongles étaient noirs. Il avait dû gratter le papier avant de mourir.
Aimée doit ressembler à son père.
Depuis, elle survit sans lui, la bouche pleine de chocolat ou de Stendhal, peu importe.

❖

À l'heure indiquée sur le carton d'invitation, nous sommes tous réunis sur le perron de la maison d'Aimée. Une classe entière immobile, la bouche grande ouverte.
Le goûter préparé à notre intention est dressé dans le salon. Après le salon d'hôtes, d'apparat, de réception, vient «le petit Salon», le nôtre pour une après-midi.
La table est mal pensée, encombrée plutôt. Mis à part les gâteaux, éclairs au chocolat, choux à la crème Chantilly, amandines, babas au rhum..., il y a des verres. Une quantité indescriptible de verres... Inutiles, quand on est habitué à boire à la bouteille ! Pour les couverts, pareil. Ils sont là, sur la table, brillants... Inutiles, eux aussi.
Aimée, préoccupée par les sucreries, ne voit pas ce «trop», n'a pas vu la pomme verte sans sucre rouge déposée négligemment pour elle, par sa mère.

– Les fêtes ne devraient pas exister pour les grosses. T'as vu ses bourrelets! Faut être riche pour en avoir. C'est pas à nous que «ça» arriverait !

«Ça» a résonné dans un silence de glace. Les mots ont surgi de rien, comme une gifle. Le serpent a craché son venin, il n'est pas loin, caché derrière un baba, a dû ruminer sa vengeance, l'a préparée depuis longtemps.
Le silence pèse. Aimée gonfle, son visage devient rouge, vire au cramoisi. Ses doigts se crispent. Un cuberdon roule sur le sol.
Son pied tape sans ménagement le pied de la table, fait trembler les verres, trop nombreux, trop guindés, même pour un anniversaire raté.
Pas un son ne sort de sa bouche, trop encombrée, trop petite pour hurler sa peine.
D'un bond, Aimée se lève, sans un mot.

D'une main, elle prend la mienne, de l'autre, elle lisse sa jupe sur ses cuisses, les plis restés sur son ventre, enlève une à une les miettes collées à son pull, les porte à sa bouche, ne rien perdre surtout. Est-ce une coutume due à son rang, une habitude de grosse ! Nous, les autres enfants, on s'ébroue, tout simplement.
Je l'observe.

Quelques mots, à peine audibles, semblent vouloir percer son secret. Je m'approche de son visage, prends l'avantage, lui souffle mes mots.

Je dis : Merci à vous tous d'être venus. Et pourquoi pas, merde à vous tous. Merde à cette pomme sans amour ni sucre rouge, à tes bourrelets.
Merde.

Elle dit : Viens, ne t'inquiète pas, laissons tous ces gobe-mouches à leur ripaille, suis-moi.
Dehors, c'est le printemps.
Je la suit, curieuse.

Elle dit : Regarde-toi. Tu es mince, mais imparfaite. Tu refuses de partager mes gâteaux, parles comme une chiffonnière, mauvaise éducation. Imperfection!
La main toujours accrochée à la sienne, je traverse les nombreux couloirs du château encombrés de marionnettes aux yeux éteints.
Des hommes en habit, sortes de pingouins en mal d'océan, me saluent, ouvrent les portes

devant moi, semblent vouloir ventiler le château par un ballet insensé. À croire que plus on devient riche, plus on a de portes, plus on devient C.., impotent.
Enfin, le jardin s'ouvre devant nous.
À nous les jeux, les vrais, sans adulte pour imposer des règles, à nous les sauts dans les flaques d'eau, sans bottes, les bonbons après, avant, pendant le repas, à nous...

ELLE DIT : Tu rêves... Viens, ce n'est pas le moment de te laisser influencer par ces ventilateurs de portes. Tout ce que tu viens de voir n'est que vanité. Ma mère ressemble à une éolienne. Elle ne brasse que du vent. Mon père, lui, me donnait du chocolat le soir, en cachette bien sûr ; il n'avait pas le droit, lui non plus. Peut-être est-il mort de n'en avoir plus trouvé dans sa cachette. Il faut vérifier, viens. Nous passerons par la bibliothèque. Il suffit de contourner le château, casser un carreau pour pénétrer dans la pièce. Facile pour une mince!

JE DIS : Et par la porte..., elles sont si faciles à ouvrir chez toi!

ELLE DIT : La porte de la bibliothèque a été condamnée depuis la mort de Père. Plus de Père, plus d'histoire.
Deux larmes baignent ses yeux de riche. Aimée se crispe, les refoule.
JE DIS : Si on...
ELLE DIT : Chut, tu vas ameuter les domestiques avec tes questions.
La fenêtre de la bibliothèque, perchée en haut d'un mur, n'offre pas beaucoup de facilité à nos petites tailles.
Par politesse, je lui propose de grimper sur mes épaules. Avec un peu de chance, elle va refuser. Même pas. Après une première tentative pesante, un premier pet corsé, l'affaire est classée. Il faut changer nos plans. Je serai «le grimpeur», Aimée «la grimpée», point.
Dressée sur mes jambes, je sens la fragilité du montage ; les cuberdons se défiler sous mes pieds.

ELLE DIT : Dépêche-toi, tu es bien trop lourde!
Aimée s'effondre.
Pressée par le temps, le manque de centimètres, je jette à l'aveuglette ma jambe à l'intérieur de la pièce, le reste suit bien malgré moi.
Le genou légèrement écorché, je regarde la bibliothèque, sa bibliothèque. La pièce sombre, aux meubles fantômes, recouverts de draps blancs, dort imprégnée par l'odeur poivrée du père absent.
Je retourne à la fenêtre, regarde son visage décomposé par l'effort.
JE DIS : Et maintenant ?
ELLE DIT : Prends Stendhal, juste devant toi.
JE DIS : Qui ? Il n'y a personne dans la pièce.
ELLE DIT : Le livre, mijaurée. *Le Rouge et le Noir.*
JE DIS : Il n'est ni rouge, ni noir.
ELLE DIT : Ouvre-le.
JE DIS : Il est ouvert.
ELLE DIT : Que vois-tu à l'intérieur ?
JE DIS : Du papier... Rien que du papier.
«Ni chocolat, ni boîte», répète-t-elle plusieurs fois pour confirmer l'absence, l'abandon du père,

la supercherie de Stendhal, le manque. Le reste de ses mots se perd dans la cire, la cire miellée du parquet. Jamais je n'ai vu endroit plus magique, livres puant autant l'intelligence. Je ferme le livre, l'ouvre, le referme, de plus en plus vite ; rien, pareil aux ventilateurs de porte, du vent, des pages. Rien. Agacée par le manque de goût, le manque de tout, je mets mon doigt sur un mot. L'obliger à parler, rien. Sans me le demander, sans moi, un de mes doigts se met à caresser le papier, incite les autres, tous. Ma main entière cherche les mots, cherche l'autre, derrière les mots. Le papier, lui, répond sans peur à la curiosité de mes doigts, à leurs caresses. Furieuse, je tape le livre sur le sol ; lui faire mal, le forcer à parler.

Une plume s'échappe du livre, de Stendhal, que sais-je...

Mon père, il est vigneron, parle aux raisins, ne lit pas, ne sait pas, m'a dit : «Tous ces grands hommes sont des emplumés, ma douce. Sens la vigne, c'est le chant de la terre, le tien. Le reste, ma fille, est bon pour ceux qui pètent dans la soie, pas pour nous».

Mon père est poète... à sa manière... Sans manière, surtout.

La plume tombe, comme une respiration.
Je la ramasse. La presse contre mon nez, une envie, sans plus. Sentir sa vie. La faire patienter. Frôler les livres, ne pas les toucher directement. Aimer cet instant, son incertitude. Celle de la plume qui, caressée par les doigts, ne sait plus si la lumière reviendra. Celle de mes doigts, qui espère seulement le contact du papier. L'instant ne résiste pas. Mon regard est ailleurs, accroché par un petit cahier noir, sans or, sans bruit ; par une étiquette, «Journal», en plein milieu du noir. Lui, ne veut pas, ne cherche plus à se faire remarquer, se blottit par habitude... par discrétion peut-être. Vit dans l'ombre des anciens, un tissu de coton serré autour de la taille, pour cacher ; par pudeur.
Dehors, c'est le printemps, le début.
Personne ne peut obliger le printemps. C'est lui qui décide.

Par la fenêtre entrouverte, l'air s'est engouffré, pressé de chasser l'hiver. Les roses, elles, se préparent, gonflées de sève, prêtes à éclore.
Je suis bien.
À gauche, le fauteuil, celui du vieux mort, du père toujours présent. À droite, alignés, Stendhal et les autres.
Je prends le cigare du père, le journal et sa poussière. Je m'assieds, raide, empotée, le cigare à la bouche, en alternance avec le pouce emmailloté de salive chaude. De l'intérieur, du gouffre de ma bouche, du plaisir de sucer, je sors le doigt, le place sous mon nez. Respire la salive collante, l'odeur de ce pouce, mouillé. Mon odeur mêlée au trouble du cigare. Sur le bureau, une boîte, celle du vieux. Le Havane posé entre les lèvres, j'expulse la fumée, ma toux en plus. La bouche pleine de brouillard, je dénoue le lien de coton, mon «Je», ouvre le livre.

La première page du journal est blanche, toute. La seconde, blanche, presque. Une dédicace pour couper le blanc : *À Aimée.*

À la troisième page, un sous-titre : *Lettres à l'Aimée, lettres à Aimée. Janvier 1920 - Décembre 1930.*
À la page quatre, l'écriture du père.

janvier 1920

Ma nouveauté, mon inconnue.

Je ne sais plus quel jour c'était. C'était un jour.
On ne nous a pas présentés. Pour les autres, c'était normal, je suis ton père.
Les amis de ta mère avaient apporté des fleurs. J'aurais préféré du chocolat, les gens sont comme ça.
C'était le milieu de l'hiver. La neige ne t'avait pas attendue. Le parc était blanc, endormi dans son froid. Toi pas.
Les yeux grands ouverts, tu fixais l'inconnu, l'espace vide, le tien, en attente de regard.
J'étais là, moi aussi, maladroit. Un père nouveau, vieux de quelques heures, en retard de baisers, timide au milieu de ces femmes qui savaient, elles, pour tes pleurs. Pour nous deux, c'était l'inconnu.
Les jours suivant ta naissance, tu étais partout,

encombrante déjà, sur toutes les lèvres, celles des amis de ta mère, pas encore sur les miennes.
Je t'observais de loin, jaloux. Les amis te trouvaient belle. Ils mentaient. Tu étais tout, sauf belle.
Pendant plusieurs jours, nous nous sommes contournés. Tu avais tes occupations, j'avais les miennes. Un après-midi, crayon à la main, je me suis surpris à te croquer par petites touches imprécises ; l'ébauche de tes lèvres gourmandes, l'ombre de tes cils sur le contour de tes joues pleines.
Une esquisse, sans plus, la peur du père inscrite dans l'hésitation du trait.
Je ne crois pas t'avoir aimée tout de suite, j'ai préféré attendre.
Après... petit à petit... sans les autres. Après, c'était plus grave. Tu m'as souri.
Je ne sais pas pourquoi je t'écris, te parle de ça.
Il est trois heures du matin, ta mère dort, mon inconnue aussi, toi, ma nouveauté. J'ai besoin de parler. Toute la journée, nous nous sommes évités, j'avais besoin de te dire, pour le sourire.

Ton Père.

Je n'ai pas essayé de lui dire, pour le journal. Je le veux pour moi, sans partage.
J'ai essayé de lui faire comprendre, pour le chocolat. Aimée n'a rien voulu savoir. Pas même la vérité.
La fenêtre grande ouverte, je laisse pénétrer le chant d'un rouge-gorge assis sur le rebord de la fenêtre, l'air doux qui remonte sous ma jupe jusqu'à la ceinture, comme au cinéma.
C'est bon. C'est un coup du printemps.

ELLE DIT : Si tu ne le trouves pas, cherche encore, jamais père ne m'aurait laissée seule sans chocolat.
Je ne lui ai pas répondu ; surtout ne pas mentir.
Assise par terre à côté du père, du fauteuil déserté, j'ai remonté mes genoux pour les encercler dans mes bras, réfléchir.
Le journal attend, lui aussi. La première lettre dénudée, à vif, la deuxième exposée, offerte à mes yeux sans défense. Je suis en rage. Le printemps n'y est pour rien, mes lèvres non plus, pourtant je les dévore de l'intérieur, en silence.
Le père, les mots du père, ma jalousie.
Dehors, certains arbres ne sont pas encore prêts

sont en retard.de feuilles ; d'autres jaunissent déjà, c'est comme ça.
Aimée se balance d'un pied sur l'autre, ses cheveux blonds aussi, sans anglaises, trop peu de cheveux pour ça, trop filasses.
Moi, j'ai une queue de cheval, une vraie, de celle que l'on n'oublie pas, dit mon père.
Lentement, très lentement, de quoi donner du temps à mon idée, je m'approche de la fenêtre. J'observe Aimée.
Debout dans ses petites chaussures en vernis noir, les socquettes blanches tendues le long de sa cheville épaisse, elle fixe le bout de ses pieds, le bout du vernis. À intervalles réguliers, une larme tombe sur le noir du vernis, se dilue pour disparaître en fin de course, en fin de larme, dans le vert de la pelouse, perdue. Sans motif, le soleil se met à ruser sur le miroir de ses chaussures, sur le bouton de son pull assis sur le bourrelet de son ventre. Un instant éblouie, mon amie lève la tête, pour mieux revenir à ses pensées, à ses kilos en trop, à son slip déjà serré à la taille, celui qu'il faudra cacher pour ne pas avouer son côté étriqué.

31

L'instant est interminable. Court, mais interminable. Impuissante devant ses larmes suspendues à l'extrémité ronde de son nez, je lui lance mon cadeau, celui de la classe, mon idée, un bâton de rouge. Celui de ma mère. Celui que je lui ai dérobé le jour où elle est rentrée tard sans raison, pour la punir de son manque de raison.

Le bâton d'or découpe l'air de son rouge, tombe, le temps d'une chute. La pointe, celle qui dessine le contour des lèvres, se brise.

Un téton rouge, dans le vert d'un gazon anglais.

Aimée rit.

Dans l'herbe, il n'y a qu'une limace pour sourire, pas moi. On ne rit pas d'un bout de sein brisé, d'un bout d'idée offert en pâture aux limaces.

Une larme tombe, sur le bâton, l'or du bâton, se transforme en pépite. Aimée est magicienne, pas moi. Aimée se balance d'un pied sur l'autre, toujours, moi pas. Je la fixe. Ses gestes sont lents, si lents. La tête baissée, une fausse anglaise lui barrant le visage, elle ramasse le bâton de rouge, défait la bride de sa chaussure, soulage son pied engoncé dans sa socquette. Malaise de grosse.

Le soleil disparaît. Aimée remercie le bouton qui s'est arrêté de briller sur le pli de son ventre, pense à sa chemisette qui va faire désordre sans son slip. Sans se retourner, sans me regarder, sans attendre, Aimée a repris son rôle. Le personnage qu'elle double sans le savoir. Celui imposé par sa gourmandise. Celui qu'elle aurait aimé oublier, qui lui colle à la peau. Celui qu'elle ne peut me refuser. Comme elle l'a vu faire par sa mère, par mimétisme, elle saisit le bâton entre le pouce et l'index, l'applique doucement, sans hésiter, sur la partie charnue de ses lèvres.
Aimée a cessé de sautiller, ressemble à sa mère. Aimée n'a pas de miroir pour vérifier, l'absurdité de cette ressemblance, son maquillage, le rouge qui déborde de ses lèvres. Son allure «cocotte» qu'elle offre aux regards des autres pour me plaire, ne pas me perdre.

❖

Et puis, le printemps est revenu.
Et puis, le bruit du printemps est revenu.

Aimée, elle, pénètre dans ce printemps comme un canard au milieu de la mare. Maladroite, mais indispensable. Aimée est indispensable à l'histoire. Même si pour continuer le récit il faut faire mal au canard, dénoncer sa maladresse, son slip confiné sous une pile de chemises, pas encore usé.
J'ai décidé d'éviter son regard, d'écouter son père, ses lettres. Les lettres de quelqu'un qui écrit pour ne pas être lu, parce qu'il ne sait pas dire, préfère se taire, donner l'image d'un père absent devant le sourire de sa fille, le moteur de sa vie, préfère hurler son besoin d'être père et l'écrire en secret.

janvier 1920

Mon inespérée,

J'étais dans cette position quand on t'a déposée dans mes bras, inutiles.
Ta mère a souri. J'ai vite compris ma maladresse. Je t'ai mise dans les bras de la nurse. J'ai hoché la tête.

C'était ma manière de lui dire, de me taire, de t'écrire. Tu t'es mise à pleurer, j'ai eu froid malgré le feu qui jouait dans l'âtre. J'ai respiré profondément pour ne pas m'embrouiller, ne pas lui dire notre correspondance.
Ma tête était ailleurs. Je cherchais une phrase pour attirer ton regard :
– Croyez-vous qu'un morceau de chocolat?
– Vous n'y pensez pas, mon ami, pas une «de Mornais».
Tu venais de renaître sous un autre nom, le sien. Je venais de te perdre.
Sans attendre, sans m'entendre, tu as franchi les portes du salon, le goût du chocolat en moins.

Ton père, l'inutile.

Et puis, je fuis le printemps pour l'odeur du cigare, les maux du père, les autres lettres, la vie d'Aimée dessinée par les mots.
Je crois bien que je suis jalouse. Jalouse à en crever. Elle va payer. Payer pour son père. Payer deux fois. «Les anniversaires ne devraient pas

existser pour les grosses».
Et puis, j'observe Aimée assise. Au centre d'un petit attroupement. À croire qu'elle a choisi les plus délurés. Tous garçons. La crème du pays invitée pour son anniversaire.
Debout au milieu des garçons, Aimée ne sait pas pour son rouge. Lui, le rouge, n'en veut plus de ses lèvres trop pleines, s'est dispersé, sur ses dents, en paquet sur les commissures des lèvres, sans souci de plaire... Déplaire, plutôt!
Il faut agir. Je ne bouge pas. Pas même l'ombre de mon ombre, rien. Elle va payer. Trop d'amour engendre la haine. Je la hais.
Eux ne savent pas pour le slip, moi non plus, pas encore.
Assis à l'indienne, deux bonbons déposés à leurs pieds, les garçons ont misé suivant le nombre de friandises volées au goûter, suivant leurs envies. L'envie d'Aimée.
Elle est plantée là, au centre de leur gourmandise, raide comme un mât portant haut le totem de ma gloire, le rouge, en déroute sur son visage.
Dans sa main, le poing de sa main, un carré

blanc, inerte. Un nougat ? Un mouchoir? Aimée ne pleure pas. Un slip ? Aimée a grossi. Aimée se sent grosse, à enlever son slip, trop serré, pas encore démodé ; l'a fait. À cet instant, j'en suis sûre, Aimée a rêvé être pilote de chasse, libellule ; disparaître sans être vue.
Les autres ont misé, trop tard. Trois carambars pour le plus gourmand, pas même le prix d'un nouveau slip. Le prix d'une grosse, juste.
Reste une petite chance. Une tête blonde n'a pas encore misé. Ses poches sont pourtant pleines, prêtes à craquer, elles résistent à peine. Seul un mouchoir irrité par le sucre attend sa chance.
Aimée a levé la tête, cherche une amie, pour leur dire qu'elle n'est pas seule. Je détourne la tête, fais semblant de ne pas comprendre, évite de me mouiller, commence à trahir.
Personne n'est prêt à l'entendre pleurer, pas même elle. Personne ne lui a parlé du désir qui naît dans les pantalons des garçons, raide. Elle fait ça, par manque de douceur, par manque. Pour leur regard aussi. Quand même celui du plus niais se met à pétiller.

Étrange, une grosse devant le regard d'un garçon. Un délice qui emporte la bouche, pareil.
Je frissonne. Ils n'en ont que pour Aimée.
Elle se met à chanter, les mains posées à plat sur sa poitrine ou peut-être prie-t-elle ?
Les autres, ceux qui ont misé trois «carambars», ajustent leurs mises. Il faut un premier. Ils sont trois.
Le plus petit, un léger duvet au menton, prend l'initiative, lance deux «sûrs» en plus, pose sa main sur la cuisse d'Aimée. Le second, plus timide, imagine ses deux doigts sur la peau, le corps d'Aimée. Le dernier, la bouche grande ouverte, les dents pauvres jaunies par la chique, reprend sa respiration, souffle par le nez, laisse sa bouche offerte à l'air du printemps, ses doigts aussi.
C'est là que la tête blonde a détourné le regard, fixé le bout crotteux de ses chaussures. C'est là que le silence a doublé le bruit, déshabillé Aimée !
Elle ne chante plus, ne voit plus, danse.
Les yeux fermés, le buste agité de légers frissons, elle se trémousse. Son corps tout entier sous

l'emprise des doigts, du désir des doigts, a cessé de lui appartenir.
C'est là que je l'ai découverte, l'autre. L'Aimée des autres, non la mienne. Celle qui désire qu'on l'aime, à tout prix. Celle «à jouer».
Un des garçons, celui qui n'a que deux doigts, vient de retrouver les trois autres, le plus timide glisse sa main sous la laine du chandail, dégrafe le soutien-gorge de mon amie. Aimée ne bouge plus. Aimée, les bras liés, n'a plus de soutien.
Eux tiennent, soutiennent le rire des garçons. Ils sont fermes. Petits encore pour des seins, mais fermes.
Un souffle rauque s'échappe de sa bouche, reste le rouge et ses débordements.
Je ne vois pas les bretelles de son soutien glisser le long de ses bras. À peine si je devine le froissement du coton sur le grain de sa peau. Et pourtant, rien n'a changé. Moi.
Mon corps me trahit. J'ai l'impression que, caché sous mon pull, quelque chose n'est plus pareil.
Ma poitrine, longtemps imaginée, vient de s'offrir deux boutons neufs. Intriguée, je glisse

ma main entre l'espace ouvert reliant le 3e et le 4e bouton de mon chemisier.
À peine ma main a-t-elle pénétré la chaleur douce de ma peau, qu'elle heurte une sorte de petit raisin dur. Entre deux doigts, je saisis sa rondeur. Ils sont deux. Celui de gauche, plus gros, plus dur, attend le jeu de mes doigts.
Personne ne me souffle. Je devine. Il faut mouiller l'extrémité de mes doigts. Le bouton, moite dans un premier temps, puis ferme au fur et à mesure que le jeu s'installe, nourrit l'excitation de mes doigts.

JE DIS : Si mes nouveaux seins disparaissent, plus tard je serai nonne, s'ils gonflent, je serai aventurière!
Le plaisir diminue, les doigts s'apaisent, l'envie aussi. Je regarde Aimée, les lettres du père offertes à ma curiosité, là. Ce père qui écrit à sa fille ne sait pas qu'elle a grandi, porte un soutien-gorge déjà. Épuisée, je reprends ma main restée en otage sous mon chemisier, mêlée aux fleurs du coton. Je tourne les pages du journal,

découvre l'autre Aimée, celle du père, celui qui ne l'a pas vue changer, n'a rien compris, a cessé de comprendre.
C'est là que je saisis le manque, la solitude du père

mars 1929

Ma douce,

Trop tôt. Pareil à tant d'autres, il est venu. Il est ce jour. L'intrus. Celui qui vient de m'ouvrir les yeux. Ça vous tombe dessus comme la première neige d'automne en montagne. Sans prévenir. Sans prévenir, tu as grandi. Tu es passée du petit être au presque grand. L'être petit caillou perdu dans la masse, le mien, mon unique.
Difficile de saisir l'instant. Il est partout. Accroché à tes gestes mesurés, à tes pieds nus que tu as troqués contre des bottes pour sauter dans les flaques d'eau, à la mèche de cheveux rebelle, traînée blonde qui te barre le front en signe de défi à l'humanité entière.
Comme un aveugle, je te regarde. Le doute en moins, la bêtise en plus. Celle d'un père qui passe, ne voit rien.

Pour ma main, c'était normal, acquis. Neuf ans qu'elle te caresse.
Tous les jeudis, avant même les confidences, assis dans notre fauteuil, ton corps blotti contre le mien, nous lisions. Le temps s'arrêtait. C'était ma façon d'aller vers toi. Mon habitude de glisser ma main entre ta peau fine et le coton de ta chemisette. Notre complicité. La seule chose qui m'appartenait vraiment.
Ensemble, nous étions parcourus d'un même frisson. Nous étions bien, sans autres besoins. C'était nous.
Après, bien plus tard, quand le frisson faisait place à l'envie, on entamait notre première barre de chocolat. C'était bon. Plus besoin de paraître.
L'épuisement du frisson nous faisait oublier nos rondeurs. Et puis, les confidences doublaient le plaisir sans l'interrompre.
D'une orgie de petits fours offerte par la plus mince de la classe, en guise de goûter, de cette envie nous passions sans détails à une autre. Celle du gentil garçon qui t'avait demandé d'ôter ton chandail pour mieux deviner le joli imprimé de ton chemisier.

Ça, tu ne m'en parlais pas. C'était notre secret.
Aujourd'hui, ce jour pareil à tant d'autres. Ce jeudi après-midi, le soleil rit. Rit de nos plis, éclabousse le ciel. Pour la première fois, tu refuse ma main. Le contact de mes doigts sur ton épaule, sur la bretelle de ton corsage que je tente d'ajuster, maladroit.
Excitée par les mots, la force du cacao, tu as chaud. Aux fines gouttelettes de sueur qui perlent sur ton front, je devine la tension qui t'étreint. Extrême, désespérée. L'espoir est ailleurs, s'écoule, nous échappe. Ta vie sera la mienne, pareille. La vie d'une grosse. Tes yeux hurlent : j'ai grandi. Tu ne vois rien? Reprends tes mains!
Rien.
Je n'avais rien compris. Ta peur d'être grosse, ton besoin de te sentir femme. C'est au soleil que je dois de comprendre aujourd'hui.
Ils sont là. Petits, très petits. Suffisamment grands pour être protégés du regard, des mains d'un père. Ils sont là, tes petits seins. Ils sont arrivés, sans préambule. Déjà, je les devine pointer sous ton corsage. Ils sont fiers, à peine gênés, déjà sûrs d'eux.
C'est au soleil que je dois de les avoir aperçus, à la

finesse du coton, aux fleurs absentes, complices d'un père égaré. C'est au soleil que j'ai demandé de disparaître. Témoin de ma stupidité, il fallait qu'il nous laisse nous retrouver.
La peur est là, nouvelle. Aussi, les mots ne me sont d'aucun soulagement, trop nombreux, trop précis pour un père en déroute.
J'ai froid. Peur de comprendre, peur de n'avoir pas donné assez ou mal. Peur d'ouvrir les yeux. Peur pour tes petits seins, les doigts des autres sur ta peau, plus les miens. Peur d'être démuni devant ta volonté de grandir. Peur de te perdre.

Ton père, l'aveugle.

❖

L'air est neuf, tout juste composé.
Il est là. Sur les lèvres, les yeux, le malaise d'Aimée. Elle ferme les yeux. Un oiseau chante. C'est une imitation, un emprunt. Les yeux clos, elle répond à l'oiseau, froisse les lèvres, siffle deux notes, attend. La suite est écrite.

Un des garçons, le plus mélomane des trois, défroisse ses lèvres, se lève. Les deux mains ouvertes, tendues droites devant lui, détiennent l'empreinte des seins de mon amie, la chaleur moite d'un corps qui pleure. Elle ouvre les yeux, reconnaît l'haleine, le chant de l'oiseau. Elle saigne. Sa lèvre supérieure disparaît, encouragée par la force des dents, du désespoir. Le sang coule. L'oiseau reprend ses mains, libère son haleine dans le soupir de l'air. – Continue la grosse, tu as du talent pour la musique, le reste...
La note est sévère. L'oiseau se baisse, fouille la terre, s'ébroue, fait trois tas, reprend deux carambars. – Trop chère, la Belle. Trop grasse. Pas sérieux pour un paysan.
L'oiseau se retourne, ne laisse pas une plume. S'en va.
Ses joues rouges finissent de pâlir. Une larme coule. Une grosse. Une larme de grosse perle. Sur son front, une anglaise pleure le refus du paysan. Le trop de gras. Aimée frémit. Son corps défait n'a pu répondre à l'oiseau, se courbe. Le poids est trop lourd. Il lui faut une amie. Elle

n'en a pas. Juste un regard posé sur la courbe de son dos. Léger, insoupçonnable.
Il lui faut une preuve qu'elle est. Que je suis. Qu'elle sera encore mon amie malgré l'absence, l'amour du père, le slip aussi. Il faut le lui dire. Mes doigts tremblent, mes yeux cherchent un autre regard, celui du père, son journal.

Sur une page de droite, un homme a pleuré. Deux auréoles sombres marbrent la feuille jaunie par le temps, les larmes, le poids d'un regard confiné dans le blanc du papier.
Des lignes sans nom. Des mots sans visage, un homme qui parle à une femme. Un père et sa fille.

mars 1929

De loin, je te regarde.
Tu as pris tes distances. Je ne t'ai pas posé de question. Tu ne m'aurais pas répondu.
Ce matin, j'ai osé un regard. Il t'a effleuré. Tu t'es étirée sous le poids de sa caresse. J'attendais plus.

Mes bras étaient ouverts. Mes mains sont dans mes poches, amputées du plaisir de te caresser. Mes poches ne sont pas sérieuses, moi non plus. J'ai envie de rire. Tu n'aimerais pas. «Des seins pour une femme, c'est sérieux» m'as-tu lancé comme on sème le blé. «C'est trop peu, neuf ans, pour être sérieuse» t'ai-je répondu, ça gêne un père, l'enfant enfoui dans ce père. Ça, je l'ai gardé pour moi.
Tu préfères les caresses du regard? Tu as tracé tes frontières? Très bien.
Tu seras la chatte. Je serai ce regard posé sur le dos de la chatte, mais ne me déserte pas.

Le regard.

❖

– Viens.Demain, tu pourras encore. Elle est toujours en manque!
Les garçons se sont rapprochés, s'observent.
Rien n'est plus pareil. Le chef a parlé. L'autre, celui qui avec deux doigts a libéré les seins d'Aimée, hésite. Pour des raisons d'espace, il ne

sait plus sur quel pied danser. Il est trop prêt, Aimée trop proche. Leur parfum se sont mêlés, habitent l'instant. Les carambars, eux, n'y sont plus, désertent.
Lui, avec ses douze ans, il veut toucher encore, doit paraître, doit partir. Il se retire. Les mains dans les poches, indécis. Il reviendra.
Aimée pleure. Aimée a les yeux rouges, ne sait pas qu'elle n'y peut rien. Les pages sans elle ne cessent de tourner, le journal de se dévoiler pour parler, pour crier.

juillet 1930

Les jours sans.

Je reste chez moi. La porte ouverte sur le jardin, je vis au rythme de tes colères, mal. Toi, tu en as décidé autrement. L'âge, peut-être. Tu as dix ans. J'ai l'impression d'en avoir cent. D'où me vient cette soudaine vieillesse ? De rien, de ma solitude, de ton audace à me tenir tête ? Tout en moi gémit. Le manque de toi est partout. Dilué à l'encre de ma

plume, confronté au doute qui s'inscrit dans mes mots, au creux de mes bras qui bercent ton abandon, en vain.
J'ai froid. Personne ne te le dira.
J'ai envie de crier, aime-moi.
Ton âge ne te le permet pas. À dix ans, on vit au rythme de ses seins qui tardent à s'imposer, de ses bourrelets qui, eux, ne tardent pas, s'épanouissent par-dessus le slip. Rien à voir avec un père qui a froid.
Un père frileux qui attend un signe de sa fille.

L'impatient.

❖

C'est normal, il ne reste que lui pour ramasser, la tête blonde aux chaussures crottées. Les autres se sont défilés. Alors, il attend, le temps d'espérer. Normal pour un petit fermier. Puis, il sort son mouchoir, je sens une histoire commencer là, pour eux, avec les cristaux de sucre saupoudrés par le tissu, avec les insectes qui virevoltent autour de la pluie blanche.

C'est maintenant que je comprends. Elle n'a pas besoin de moi, d'une amie. Elle a déjà deux hommes dans sa vie!
Ça c'est passé très vite, trop. Elle n'a pas eu le temps d'ouvrir les yeux, lui, il avait déjà ouvert son mouchoir. Je les regarde.
C'est clair, il n'en a rien à faire des carambars. Il est là pour elle. Je ne sais pas ce qui me fait le plus de mal, ni pourquoi.
Comme d'habitude, j'espère pleurer. Comme d'habitude, c'est inutile. Je n'ai pas de mouchoir, pas de larme pour ce mouchoir. Juste une corde autour du cou, nouée sur un cri.
Et puis, il met le carré de tissu blanc sur le visage d'Aimée. Et puis, je vois la lumière percer au travers du coton, les rondeurs des joues d'Aimée s'affiner, ses traits devenir femme. Et puis, le vent imite mon geste, mon envie, pas une gifle, un souffle de gifle.
Le mouchoir tombe, le sucre reste collé.

JE DIS : Avec ça, il comprendra. Avec ça, il me la rendra. Qui voudrait d'une pâte de fruit ?

Aimée est immobile, ses larmes aussi, figées par le sucre. Lui s'approche, dépose deux doigts sur son visage. S'approche encore. Elle ne bouge pas, ferme les yeux pour mieux respirer son haleine, goûter le parfum de sa langue. On entend le bruit de cette langue s'écorcher sur les cristaux de sucre. On entend qu'elle ne bouge pas, accepte cette langue à pleine bouche. Lèche la salive sur ses lèvres, la trace encore chaude.
Longtemps, ils restent les yeux fermés. Lui ne la quitte pas, en réalité, jamais, même les yeux fermés. Elle est ailleurs, pense à son slip toujours en sursis dans le creux de sa main. Elle se laisse faire, ouvre sa main, ne cille pas quand il se baisse pour ramasser le slip encore chaud de sa main.
Il peut la laisser là. Tout en sucre, son slip à ses pieds. Dans sa main, il prend un pied, la cheville d'Aimée, puis l'autre, remonte son slip le long de sa jambe, son entrejambe, ne profite pas du duvet noir qui jaillit sous la jupe, entre ses mains. Il peut insister sur l'élastique, s'arrête, avant la taille, défroisse le coton, ajuste les fleurs, dépose un baiser sucré. La suite est inscrite. Je ferme les

yeux, commence à vieillir, le printemps aussi, le temps de ma première larme.

Décembre 1930

À toi, qui a découvert ce journal.

Plus encore que ma fille, je t'ai désiré, pour elle. Le risque était énorme, le rôle douloureux, épuisant. Pour toi, j'ai falsifié Stendhal, aimé le sucre à en crever.
Je ne sais pas ce que j'espère le plus, mourir ou t'écrire? T'écrire que je meurs, te confier ma fille, ma vie. T'écrire que je n'en peux plus de vivre, mourir enfin, le devoir accompli.
J'ai toujours su que tu viendrais, le tout était de faire patienter la mort. C'est comme ça quand on est père. Il faut truquer sa vie, sa mort, préparer son départ. J'ai toujours su qu'à défaut d'aimer le chocolat, tu aurais la curiosité, plus forte. Tu es celui que j'ai guetté, après le printemps. Tu es celui à qui j'écris cet hiver.
Ne dis rien. J'ai fini de t'attendre.

Je n'ai pas toujours su ce qu'il fallait lui dire. Où ? Quand ? Comment ? Pourquoi nous étions si proches ?
Peut-être sauras-tu mieux que moi lui faire comprendre?
Ce n'est qu'un jeudi qui finit, son anniversaire qui commence. J'ai tout prévu. Tu n'auras pas de surprise. Si un jour, elle te déçoit, si un jour tu craques, n'hésite pas, mange du chocolat, pas n'importe lequel, celui qui parle aux enfants.
Il n'y a pas d'âge pour aimer le plaisir.
Il n'y a pas d'âge pour être un enfant.
Pour certains, hélas, ça ne dure pas. Méfie-toi de ceux qui grandissent trop vite, parlent trop.
Ce n'est qu'un jeudi qui finit, une amitié qui commence. Jusqu'où?
Moi, je suis déjà de l'autre côté. Là où le plus loin rejoint une autre vie.
Dis-lui. Dis-lui que je vis quelque part. En elle.

Dis-lui.

Son père, l'absent.

13 septembre 1994, 18 heures

C'est l'heure qui force l'histoire, le vent, à s'assoupir sous les tables. C'est le bistrot qui le premier s'est tu. C'est notre histoire qui la première s'est mise à parler.
Lentement, Aimée me regarde. Je suis ailleurs. De cet ailleurs qui ronge, insiste, fait dérailler le temps. Sans crainte, un oiseau pourrait se poser, là, sur la table, entre nous. Mes bruits appartiennent au silence, ses gestes au passé. Nos mains s'effleurent. L'instant se vide. Pas longtemps. Le temps d'espérer pour Aimée.
Les choses ne sont plus pareilles. Il est n'importe quelle heure avant le prochain jour. Le temps s'est consumé, la mémoire s'est écoulée, j'ai choisi.
Je ne cherche pas à la rejoindre. J'ai une flèche pour étriquer mes gestes, l'effort pour alourdir mes doigts.
ELLE DIT : Tu as de l'encre sur les doigts.
JE DIS : C'est peut-être ça.

Je ne cherche pas à lui parler. Elle commande un lait chaud. Elle le boit.
Je ne sais plus si c'est le jour. J'ai toujours préféré la nuit, l'immobilité du silence. Elle n'a pas de silence, juste les ongles noirs.
ELLE DIT : Tu as le doute écrit dans tes yeux.
JE DIS : C'est ça. Le doute, l'encre et les doigts.
Sans la voir, je commande un thé. Elle se tait. L'oiseau sur la table chante.
Je ferme les yeux. Nous partageons le silence, l'amour du père écrit dans mes premiers mots.

TU

Deuxième Partie

La mère ignorait tout. Le principal. L'essence de la vie. La couleur qui l'avait choisie, sans demi-teinte, noire. Toujours elle la portait, en grain, en peau, comme un talisman, pareil.
À force d'être exposée à la lumière, sa robe devint légende.
Depuis ce jour, sa fille, Fet Nat, l'interrogeait chaque soir sans la moindre lassitude. Réduite à la peur d'oublier, sa main avait pris la plume. Pour lui donner une couleur, une histoire, écrire leur histoire, lui prouver que leur vie allait changer.
Pressée contre son sein, le nez enfoui dans l'odeur de l'encre et du papier, le papier des écrivains, Fet Nat écoutait la voix de sa mère :

"Nés de l'éclat d'une émeraude survolant l'océan, trois joyaux verts surgirent, tel un volcan, d'une

mer perlée de lave scintillante. C'était en 1499 au large des côtes vénézuéliennes. Les tréfonds de la mer des Caraïbes venaient de se fracturer, donnant naissance aux trois premières lettres de l'alphabet : A, B, C."
Essoufflée, fatiguée de conter, la voix scrutait le ciel.

Elle reprit :
"Le plus petit îlot et le plus original, aima le "A" (ARUBA); le second, le plus pacifique de l'Atlantique se coiffa du "B" (BONAIRE); le troisième, le plus hollandais des trois, fit commerce de son nom (CURACAO), vendit son coeur (CORACAO) et son "C".

Le reste se perdit. Pas pour tout le monde. – "A, B, C" N'oublie jamais le "A" –chantait la mère, pour posséder quelque chose. Un A, juste.
C'est imprégnée de cette légende que naquit Fet Nat, sur la plus fantasque des îles, ARUBA, un soir où la lumière blanche du jour hésitait à se donner à la nuit de 1920.

De cette nuit historique, Fet Nat hérita la vie, les rondeurs parfumées, la couleur sombre des *Caïquetios* et surtout, une fierté digne des premiers esclaves *Arawaks*.
Elle fut mon amie, la première femme-enfant à avoir gravé ses empreintes colorées sur la mémoire vive de ma chair.

Juillet 1994

Au bistrot, assise parce qu'il faut bien l'être quand on a un café à la main, septante-quatre ans dans les jambes, je suis prête. J'attends.

– Bambini ! siffle une voix douce en papamiento coloré.
– Damki ! m'entends-je répondre inconsciemment.
La voix est chaude, mon cri violent, proche du plaisir. Fet Nat !
Elle est là. Noire, intacte. À peine est-elle

quelque peu échevelée, étourdie par le passage venteux de ces soixante dernières années.
Aucun rapport avec le coup de mer cruel, violent, délicieux qui avait moutonné les trois années passées à vivre les marées, les ouragans, les lames de fond, l'azur et le bleu de Fet Nat. À survivre à ses folies, à aimer l'humour, les caresses, le parfum, à me perdre, petit ruisseau terne, dans son océan colorié.

JE DIS : D'où viens-tu ?
Les mots sont douloureux.
ELLE DIT : Je viens de mon *changement d'air.* *
Les mots sont simples.
Gaie comme un pipirit, véritable joyau d'or noir, Fet Nat avait inspiré, endiablé, anéanti les plus petits scribouilleurs, les plus grands impressionnistes. Nul doute qu'un de ses ancêtres avait dû courtiser l'ébène!
ELLE DIT : *J'vais t'conter un ti zin !*
De mère Guadeloupéenne vivant à Oranjestad,

* Le vocabulaire en italique est extrait du livre «Les mots de la francophonie» de Loïc Depecker, Belin.

fruit juteux d'un *mariage derrière la cuisine*, Fet Nat fait chanter les mots les plus démunis.
Dehors, l'air chante la pluie.
Deux petites émeraudes malicieuses pétillent dans ses yeux.
ELLE DIT : L'obscurité ne t'a pas encore éteint le visage, grande sauterelle, tu es toujours aussi *jolie affreux !*
Sans attendre, sa main longue, interminablement longue, parcourt mon visage, s'arrête un instant sur mes mains, scrute, insiste, pressée par un insatiable besoin de reconnaître.

ELLE DIT : La main est une partie visible du cerveau, rappelle-toi... si tu veux écrire notre histoire.
Impatients, ses longs doigts ourlés de rose se mettent à onduler dans les airs, envahis par une irrésistible envie de danser *collé serré, collé collé* au rythme d'une envoûtante biguine. Le pouce fatigué de tourner imite la clarinette, l'index mis en valeur assure le trombone, le majeur-major s'approprie le banjo, l'annulaire à anneaux, le tambour, quant à l'auriculaire, vu sa taille, il

écoute la marrane. Portés par le rythme de la danse, les battements discontinus de nos cœurs, ses doigts caressent à nouveau mon visage, glissent le long de mon cou, interrogent mes yeux, fouillent ma nuque, écoutent. La peau, mémoire gravée, interroge, cherche, épie l'onde jusqu'à l'épuisement. Flux flous, folies... L'instant bat, balance, bascule, craque.
Arrêt!

Juillet 1931

Les yeux mi-clos, le corps en croix étalé dans l'herbe bleutée, je regarde le ciel où s'accrochent quelques nuages. Ma main roulée en forme de longue vue capture un morceau de ciel, force l'entrée aux nuages. Le premier à ouvrir les yeux regarde hébété ce cercle indiscret, qui, non content de les réveiller, leur impose un regard cerné. Le second à se mutiner, le plus gros, à l'allure empruntée, hausse les épaules, roule des

hanches et s'enfuit. Le troisième, rêveur, me fixe. Dernier captif de mon auréole, il délie avec fierté sa longue chevelure. Par surprise, venant de bâbord, un étrange œuf lumineux déchire le ciel. Le rond grandit, s'arrondit, échoue enfin sans bruit sur le contour de la lunette.
Le pilote est nerveux, le pilote est capitaine.
– Dégage, hurle-t-il de la proue.
– Dégage sans délai. J'attends le soleil. Il déteste les imprévus !
– Quelques minutes, suppliais-je...
– Impossible, vous retardez la course du vent, le passage du temps. Impossible !
Incomprise du capitaine, je ferme les yeux, brouille le ciel, furieuse, à la recherche d'un ami moins galonné. Gourmande de nuages, je roule les deux mains en forme de jumelles. Plus ils seront gros, plus ils auront de l'imagination, me dis-je. L'effet est saisissant. Ameuté par le gardien du ciel, passeur d'étoile, un essaim de nuages railleurs pénètre sans scrupules mes jumelles. Ahurie, j'ouvre les yeux... plus rien. Le blanc ! Ai-je rêvé ?

Août 1994

Il y a chez Fet Nat, comme il y a en Guadeloupe où sont nés ses intrigues, ses désillusions et ses drames, un côté ombre, un côté lumière.
Aujourd'hui, assise devant moi, le regard égaré dans la chaleur douceâtre du café, Fet Nat enveloppée d'un lumineux batik de Bagshaw's porte rondement son côté lumière. Son côté ombre, son visage, retrace en détails et en cicatrices "la rue des Cases Nègres" à l'heure historique des cyclones.

ELLE DIT : À Bonaire, le jour s'est levé sur *Simadam.*
Une ombre filtre insidieusement les restes de l'été. C'est déjà l'automne.
ELLE DIT : Un *coco frio* s'il vous plaît.
Le cafetier la regarde, interloqué.
ELLE, du bout des lèvres : Un *maubi* si vous n'avez plus de coco.
LE CAFETIER, l'air moqueur : Plus d'*maubi*, et pour l'coco, j'viens juste de servir l'dernier à la

table des Verts.
Assis à côté de nous, deux Chapeaux Verts aux visages secs comme un bâton de vanille, regardent d'un œil inquiet leur boisson. Fet Nat est une femme sans urgence. Sans coco, elle prend un rhum.
L'image désuète des deux chapeaux d'archives s'estompe dans la touffeur du café. Doucement, Fet Nat reprend ma main, s'égare dans mes lignes.

Juillet 1932

Les jambes croisées, le nez dans la sueur du vent, j'écoute le ronflement des sauterelles dans l'herbe chaude. J'ai onze ans, un long corps maigre, sans forme, qu'interroge un curieux carré brun duveteux. Un corps à l'aube de l'adolescence, incertain, sans connaissance. Un corps mauvaise herbe qui pousse sans oser fleurir. Seule, perdue dans mon blanc endormi, une fourmi décode mes arrondis en herbe.

Nue, habillée de verdure, les jambes partagées par un "Petit bateau" bleu, ma peau inhabitée apprivoise le picotement chaud du soleil, découvre ses brûlures impudiques.

JE DIS : "Petit bateau" a trop chaud, veut prendre le large, résiste, n'a pas de couilles.. Osera-t-il ?
Un de mes doigts, le plus curieux des cinq, tâte, touche l'entrejambe humide du bateau, tortille son élastique blanc-bleu, insiste... puis, lâche brutalement prise, désorienté !
Le bateau libre tourbillonne dans l'air, tombe sur le dos, inerte. L'interdit "blanc-bleu" effleure le trèfle muet, défeuille mon corps nu. Le temps arrêté soupire, l'émotion insolite persiste. Le feu, né du jeu de mes doigts innocents, s'éteint peu à peu, mais la braise éveillée reste vive. Troublée, je cherche à raviver l'étincelle; le feu meurt, s'éteint, trop jeune. Mes doigts inutiles restent impuissants. Qu'y a-t-il derrière ce corps ?
Assise, le corps habillé de soleil, nue, mon bateau à la main, j'écoute.

Un bruit suspect vient de fendre l'air. Un pas. Jeune, le pas, culotté, dressé là devant moi, un zèbre à la taille. Pour les jambes, pareil. Animales, accrochées à deux hanches rondes.

ELLE DIT : C'est le capitaine que tu attends ? Il ne viendra plus.
La voix ronde, pleine, en impose au silence, au "Petit Bateau". Le corps, lui, ne répond pas à la voix. Il vit déjà sans la tête.
ELLE DIT : Inutile de *caponner*, inutile de *bétiser*, il y a deux *avant-jour* que je t'observe, toi et ton corps rose ! J'suis pas *chocatif*, j'suis pas un *bougre qui s'choque* !
Parle ! C'est d'un *décollage* dont tu aurais besoin, doudou.
Saisie par la couleur des mots, je cherche une bouée. Ses yeux me jettent de l'encre. Le noir m'est inconnu, m'attire.
ELLE DIT : Tu es *cocasse* pour une rose !
Deux larmes perlent sur mes joues. J'ai froid, je frissonne, respire l'odeur des mots. Elle pénètre mon printemps, ses promesses. Mon regard est

habité, elle s'y est installée, pour rire... pour enflammer mon bateau... Sa main vive ne résiste pas, caresse fiévreusement l'entrée étroite et sombre de mon carré noir. Son rire diabolique claque dans l'air, ébouriffe le zèbre. L'enfant sage est debout, nue, avec mon bateau mais nue !
Face à moi, corps contre corps, je sens une pression qui s'obstine, force. Impression sans nom. Deux boutons de fleur caressent mon aréole informe. Tourmente.
Une odeur musquée, douceâtre, intime, pénètre mes sens. Houle. Une haleine fruitée parcourt mon visage défait. Trouble.
Elle touche. Touche-touche. Que cherche-t-elle ? Retenir le temps, enfouir son odeur de fruit mûr au plus profond de mon "moi", graver un nom ? Mon corps tremble. Je coule, me perds dans ses yeux. Sans bateau pour cacher mon rose, elle me tient, ne lance pas de bouée, ne connaît pas l'état de ma mer. Jubile.
L'intruse est là, un pied dans le bleu chiffonné, une main dans la mienne. Excités, mes mots restent sans lettre, mes lettres sans ponctuation.

Soudain, délaissant le buisson de notre rencontre, Fet Nat chuchote trois mots par-dessus mon épaule.

ELLE DIT : *Je vais t'espérer.*
Puis, s'en va. Sans préambule, sans me laisser le temps de comprendre, son ombre fend le rideau de blé tendre qui se referme sans bruit sur notre première dérive.
Moi, j'ai onze ans, toujours, plus une couleur.

Septembre 1994

Intimidé par le silence, le temps inquiet musarde le long des tables. Dans un coin discret du café, abrité des regards, un Chapeau Vert fané, piqué d'une perle coquine s'est assoupi devant un crème. Appuyé contre la fenêtre, son visage flétri repose, désarmé par le sommeil. Seule une larme perdue coule doucement. Née de ses songes, la larme empourprée par le grimage, trace un ulti-

me chemin sur le visage assoiffé de vie.
À intervalles réguliers, le corps secoué glisse le long de la banquette complice de toutes les dérives. Apaisé le temps d'un café, le Chapeau Vert retrouve toute la douceur de l'enfance.

Juillet 1935

Violé. Mon ciel est violé par un blanc, un petit point blanc qui, catapulté dans le ciel, fracture l'espace de son nez de papier.
Sa voilure en appel d'air est tendue sur du bois d'allumette. Porté par le souffle de l'air, l'oiseau de papier tente un looping, prend de l'altitude, redescend en piqué. Pris au jeu, l'air redonne de l'altitude à l'inconscient qui, parti de nulle part, tente une nouvelle voltige... Mais le vent un instant assoupi ne le supporte plus, coupe les gaz. Bombardé par l'éclat du soleil, l'oiseau blanc termine, seul, son vol en piqué au-dessus de ma tête. L'occasion est unique, presque téléguidée.

L'avion porte un message appuyé par l'écriture qui ressemble à celle de l'absente, noire, colorée, singulière : "Six heures chez Mama Rose".
"Chez Mama Rose". Je connais l'endroit pour l'avoir imaginé, tant de fois dessiné, la nuit avant de m'endormir. Les jeunes parlent de ce lieu à mots couverts, le rouge aux joues, les mains moites, les yeux mi-clos. Les parents, eux, ont déserté la maison depuis l'année où le régisseur de Mama Rose l'a découverte, sur son lit, étendue, inconsciente, entourée d'un jardin de roses livides. Tout le village avait chuchoté, du bouseux au lettré. Inquiets, ils avaient dénoncé cette mort dérangeante.

ELLE DIT : Tu cherches le *zhabitan* de cette *bitasion* ? Elle est morte sans *ti bois* ni trompette. Viens.
Quelques *poulets bicyclette* effrayés par notre intrusion, ont déposé négligemment leur deux roues au milieu de la cour déserte, préférant pour nous observer, l'obscurité protectrice du grenier à paille. À l'abri des persiennes, des regards sans

âge nous épient. La porte de la maison est ouverte. Assoupie depuis de longues années, elle s'étire en un interminable bâillement entrecoupé des plaintes du bois. Tels des fantômes en déplacement, nous pénétrons dans la maison oubliée. Par l'interstice d'une fenêtre ouverte, un lierre s'est infiltré dans le petit salon de musique, cherche refuge sur les murs vieux rose.
Au rythme de l'habitude, une brise timide fait gémir les persiennes, saupoudrant de la poussière sur le piano assoupi. Pressées l'une contre l'autre, j'écoute battre en moi le cœur de Fet Nat. Plus fort et plus insupportable encore, je sens monter un bien-être inconnu. Aimantée à son corps, soudée à chacun de ses mouvements, incapable de faire appel aux mots, je vois les premiers instants d'un esclavage où déjà je m'abîme. Blottie contre son épaule, j'ai du mal à démêler la réalité du rêve. Les yeux mi-clos, Fet Nat cherche ma main. Pianotant doucement le long de mon bras raidi, ses doigts la découvrent engourdie. Désorientée, je la laisse me prendre. Mes doigts bleuis par l'étreinte passent sans transition de la caresse à

l'écrasement, du frisson à la douleur. L'odeur de sa peau sucrée m'obsède. Dès l'instant où je l'ai respirée, mon corps tout entier a répondu à ses exigences. Parti d'un petit frôlement timide, le frisson a envahi toutes les parcelles de mon corps en brouillon. Je comprends à l'instant que jamais plus ce parfum ne renoncera à me tourmenter. Il faudra apprendre à vivre avec lui, à souffrir par lui. Harcelée par le besoin de le retrouver, incapable de l'oublier, il restera inscrit en moi.

ELLE DIT : Viens. *Tu piques un soleil ?*
Ne te mélancolise pas ma sauterelle, à l'étage c'est encore plus beau... Tu sais, *le temps fond comme une mantègue au soleil*, il faut en profiter. Se détournant de moi, elle crache sur la pierre assoiffée. La tache pénètre la pierre tendre, s'évanouit. Ne reste de sa présence qu'une auréole, esquisse d'un passage. Dans la maison, le temps a fini d'égrainer ses petits bonheurs. Une odeur de plaisir interrompu règne sur les lieux maculés de poussière. Le pendule d'une vieille horloge tousse, faisant vibrer la caisse de bois patinée par le passage des heures.

Réveillées en sursaut, les aiguilles s'étirent. Intriguée, j'observe leur manège. Cinq minutes de cliquetis pour vingt-cinq minutes de silence. Sous mes yeux, le temps et ses jalousies sont en train d'exister. Mort à six heures pour Mama Rose, le temps démarre pour moi. La main appuyée au couronnement du pilastre, j'hésite. Tour à tour, l'escalier m'attire, me repousse, m'attire.

ELLE DIT : Tu es *sérieuse comme un pain rassis* ma gazelle ! Viens à l'étage. On jouera... *couque cachée, couque maille...* La chambre de Mama Rose est aussi grande qu'un *fais dodo.*
Viens.
L'abeille alarmiste fait frissonner ses ailes en signe de danger.
Moi, je suis seule. Seule, avec mon guêpier, l'abeille et le rose. L'abeille n'est pas ordinaire, c'est mon abeille. Je suis protégée. Je l'observe. Le froissement de ses ailes sur le carreau électrise le silence. Le temps bascule. Je monte. Mon rêve cent fois dessiné se précise.

Le flou s'estompe. La nuit, j'ai ensorcelé cette peur, aujourd'hui elle me pénètre. Fet Nat me précède. l'escalier long et sinueux est interminable. Une odeur douceâtre de mangue mêlée de papaye rase le mur. Sans tenir compte de mon malaise, Fet Nat rit. La diablesse. Paralysée, je balbutie quelques mots inintelligibles. L'abeille figée dans son vol s'est tue. Je suis dépareillée.
La chambre de Mama Rose, arrêtée dans un désordre parfait, sent bon le soleil éteint. Une impression de légèreté règne dans la pièce. Là, ni poussière, ni toile d'araignée, juste un parfum de musc poivré pour soutenir, affirmer une présence. La pièce imaginée au féminin est, à mes yeux d'enfant, protégée au masculin.

JE DIS : Coureuse, courtisane... coupe-gorge. Les lettres m'ont échappé !
ELLE DIT : De qui parles-tu ? Qui sont ces "c" ?
Son inquiétude l'emporte. Fet Nat contrariée semble déguiser une vérité.

ELLE DIT : Prends ce *bois de cul* et cause.

JE DIS : Vacances, soleil, souris.
ELLE DIT : Et les "c", où sont les "c" ?
Tu imagines trop, tu fumes trop, on n'est pas à *Kuaruera* !
Mes mains s'étranglent. Je comprends soudain que Fet Nat ne supporte pas mes échappées. Elle seule en a la liberté. Tout en moi doit lui appartenir; des lettres de mon nom au souffle de mon corps. J'ai désiré cette appartenance; pourtant, elle me glace. Plus encore, j'aime l'idée de cette possession mais, par prudence, je sens l'urgence de la fuir. Partagée entre la fuite et la résignation, je choisis la pierre. Statufiée, engourdie par l'indifférence de Fet Nat, je me vide la tête pour ne pas souffrir. L'intrigante, en apparence sereine, me toise d'un regard carré édifié pour la circonstance. Assise sur son tabouret, les jambes écartées, elle balaye d'un mouvement rageur l'air et l'abeille. Je comprends que la partie est loin d'être gagnée. Il faut composer, et je ne connais pas la musique. Je suis une ado qui s'accroche à ses notes d'enfant de peur d'affronter les gammes de la réalité.
Fet Nat s'avère noire, plus avertie, différente. Sa

tête et son corps semblent ne faire qu'un. Moi, je suis décousue de corps et d'esprit : les jambes trop longues, le geste maladroit, les idées impubères. De plus, la partition qu'elle me lance au visage est du registre des adultes et je ne sais pas danser !
Les mains jointes, elle se met à applaudir. Avide de surprise, elle fait volte-face, me fixe.

ELLE DIT : On va jouer *Argent Braguette* comme les grands. Déshabille-toi.
Mon sang ne fait qu'un tour. Un collier de gouttes froides déferle le long de mon dos.

ELLE DIT : T'es raide comme une saillie, ma gazelle !
Chez nous, le jour où Maman reçoit son *argent z'enfants* est jour de fête à la maison. Tous les enfants, nous sommes dix qui avons presque tous la chance d'avoir un père différent, attendent ce jour rouge avec impatience. Le jour "R", un de nos pères, le *chèqueur*, arrive par la *bombe* de 6 heures. Maman, belle comme une tomate, jute d'impatience. Vêtue de son plus beau batik,

ouvert sur ses seins généreusement offerts à la croix de Jésus et serré à la taille pour faciliter les mouvements de son cul, elle ondule du croupion, gémit comme Joséphine... ma poule anglaise, épouse de Séraphin le coq antillais. La première fois, j'ai cru à un malaise des *jumelles* de Maman. J'ai vite compris. À peine s'étaient-ils enfermés dans la chambre qu'un étrange roucoulement de tourterelles entrecoupé de rires étouffés et de gazouillis nous parvenaient par l'œil éclairé de la porte. Aujourd'hui, je sais comment jouer l'amour. Prends cette robe, habille-toi!
Tu seras Mère, je serai le *chèqueur*.

JE DIS : Impossible. Mes seins sont trop petits! Jamais ils ne rempliront le corsage. De plus, maman me grondera si elle apprend que je me déshabille le jour.
Ma petite robe aux boutons d'or tombe sans bruit, raide comme un arbre abattu.
Fet Nat, sans attendre ma réponse à ses jeux, a d'une main affreusement douce et experte, déboutonné un à un tous mes boutons. Mon

corps blanc, mon corps nu et blanc brille sans éclat. Pour survivre à ces émotions inavouables, j'envisage d'oublier en vrac toutes les belles manières.
Résolue mais docile, j'enfile la robe de Mama Rose. Le contact du rouge me fait frissonner. L'abeille qui a observé notre jeu, frémit par mimétisme ou par jalousie, qui sait ! Ses yeux semblent fascinés. Jamais bourdon ne l'a butinée de la sorte.
Imperturbable, Fet Nat s'est mise à fredonner. Sans perdre un instant, ses mains agiles effleurent ma peau par petites touches. Je me surprends à fermer les yeux. Sa voix chaude se fait plus traînante. Je sens l'appel irrésistible de sa peau; mélange magique de sueur enfantine mêlée à celle d'une presque-femme. Enivrés, mes sens se révoltent contre tous les parfums sans histoire. J'ouvre les yeux. La tête me tourne, mon éducation bascule dans le vide. Une porte s'entrouvre, je l'ouvre. Les bras de Fet Nat se referment sur moi. La douceur est inhabituelle, je m'y blottis. Je suis faite pour ces bras.

Fet Nat est donc capable d'aimer !
Les yeux mi-clos, je·perçois une voix qui chante, – tu es à moi, tu es pour moi, tu es... Les choses vont trop vite. Prise dans un tourbillon, je ne contrôle plus ma devise, ne pas s'en faire. Le rythme s'accélère, je suis envoûtée.
– Tu es à moi, tu es pour moi...
Spéculant sur mon trouble, Fet Nat place son premier pion. Courte, féline, prometteuse, sa jambe pressée contre la mienne m'impose sa présence.

ELLE DIT :Ouvre-toi, juste pour l'amour.
Seule, je monte sur scène. Actrice de ma vie, il faudra bien que je joue mon premier rôle. Le doute m'envahit : jamais Maman n'approuvera. Elle invoque bien le temps pour déguiser sa gêne : – plus tard, plus tard, ces choses-là s'apprennent plus tard.
– Mais a-t-elle jamais joué ?
Étrange musique que celle des adultes !
D'un mouvement assuré qui n'a rien d'une maladresse, Fet Nat campe fermement sa jambe

enveloppée de tiédeur entre les miennes. Le contact noir et blanc de nos peaux nues me brûle. C'est bon. C'est bon et mal. Mal, parce que les sentiers battus ne sont pas de vrais chemins. Bien parce qu'il n'y a pas d'âge pour jouer colin-maillard, il n'y a pas d'âge pour être vrai. Vrai avec sa tête et son corps.

S'il faut attendre les grandes personnes, on n'a jamais de vraies grandes idées.

L'air, abreuvé de nos barbotages amoureux, sent bon le vernissage de nos corps. Dissimulés dans la rosée de nos émois, je surprends à la volée quelques mots innocents, les autres fuyards se sont dérobés.

ELLE DIT : N'aie pas peur, c'est le jeu, notre jeu, entre dans la danse.

Ses lèvres, gonflées de désirs, guettent le verdict de ma raison mais ma raison n'a plus de maison. Prise en otage par mes pulsions, je gomme d'un trait une sagesse périmée pour répondre consciemment aux attentes de mon corps de femme en ébauche. Brouillon.

Lâchée par les livres qui se sont tus, les garçons qui ne m'ont pas encore désirée, les femmes qui n'ont pas compris que je ne suis plus une enfant, je perds pied. Déchire le brouillon.
Ma tête se sent en devoir de refuser l'invitation, tandis que mon corps, pressé de vivre, ouvre déjà ses bras à la gourmandise. Venue de nulle part, une peur insidieuse me surprend. Est-elle due à la honte ?
J'ai soif d'imprudence. Depuis onze ans, je vis sans vivre, gouvernée par un unique sentiment, celui, coupable, d'exister. Aujourd'hui, ce nouveau besoin d'être au rythme de mon propre tambour, donne naissance aux premiers soubresauts fantaisistes de l'envie. Je suis en vie pour renaître à ma vie. Je sens battre, pour la première fois, mon ventre aux rondeurs enfantines, gros d'une jouissance qu'il n'ose avouer. Mon nouveau corps n'est pas encore disponible, pas encore pénétré, effleuré seulement. En désir...
Mon coeur bat. Le printemps de ma chair réveille mon corps engourdi dans l'enfance. Sans tristesse, je quitte le bateau des petits pour aborder

celui, plus fragile, des ados.
Une nouvelle forme de vie est en train de germer dans mon corps, douce, chaude, mouillée, je la sens perler le long de ma jambe.
Alertée par mes sanglots, l'abeille vient se coller aux pleurs de mon corps, se saouler de plaisir. L'air chargé d'émotions illumine mon corps à la merci de Fet Nat, cependant qu'un violent coup de tonnerre fait gronder la maison...
Quelqu'un vient de pénétrer les lieux.
Ma jambe, toujours prisonnière des chaînes du désir, tombe comme un gland mûr épuisé de vivre sur son chêne. Consciente du danger, je mets les plis de ma robe autour de mon nouveau corps.
Les pas qui montent l'escalier de pierre portent un poids, celui d'un "homo sapiens adulterus" cramponné à ses semelles. Le sifflement qui prolonge le craquement des pas indique que l'intrus tutoie les lieux depuis cent ans, ou plus. Cachée sous la jupe de la coiffeuse de Mama Rose, je sens battre mon coeur, un peu comme si l'intérieur de ce cocon de soie était là pour protéger le

foetus que je suis des souffrances extérieures. J'ai l'impression de violer une histoire dont je ne tire pas les ficelles. Le guignol est dressé. Les marionnettes inquiètes s'agitent, tirent sur le fil tendu.
Blottie contre Fet Nat, nous sommes comme des jumelles dans le secret d'un ventre, j'attends l'instant de ma naissance. Le premier étant resté inscrit sans me laisser de trace.
Autour de nous, la soie, rien que de la soie imprégnée de l'essence de Mama Rose. Gardien secret de son intimité, le petit chapiteau de tissu abrite, intact, le souvenir parfumé de cette femme peu ordinaire.
Au sol, mêlée à la poussière des saisons évanouies, une poudre "rieuse" traîne, distraite. Partagé entre la faculté de moisir et le courage de survivre, l'air, au parfum d'une presque absente, cache mal son désarroi. La première faveur profonde que nous accorde l'intrus est pointue et musclée. Dessinée sous la forme d'une botte, elle pénètre l'intérieur de notre cocon, comme un forceps à la recherche d'une vie et vient heurter la partie sensible de Fet Nat : son fessier.

Son cri hurle sans bruit dans le creux de ma main, se fracasse à ma ligne de vie. Offerte aux corneilles, sa bouche largement épanouie mâche des mots inarticulés que je recueille comme autant de plaisirs inavoués. Le contact de ses lèvres charnues qui se sont attardées sur ma peau, ne me laisse pas indifférente. Encouragée par l'émotion qui nous gagne, je profite de l'instant qui m'est offert pour parcourir son visage à la recherche d'un indice de faiblesse qui aurait le pouvoir de la rendre moins infaillible. Rien.
Fet Nat, déjà nubile à onze ans, marque un point sur le carnet de nos différences. À croire que cette féminité nouvellement acquise porte en elle tous les secrets de la création du monde.
Accueillie sous notre chapiteau comme un convive indésiré, la botte prolongée d'une jambe brune se met, à notre surprise, à chanter l'amour, la vie, l'aurore et les fleurs, passant alternativement d'un pied à l'autre. Ces mots puérils qui, depuis toujours, ont été l'essence même de mon enfance rêveuse, me semblent illogiques, à contresens, sortant de la bouche coincée d'un

adulte. Jamais je n'ai rencontré "d'adultenfants" qui puissent à notre façon, voler au gré des vents par-dessus les océans, parler la langue des abeilles, danser aux bras éphémères des papillons... Il n'en existe pas. Je ne les connais pas. Je ne le connais pas. Sans l'apercevoir, j'aime ses mots pour les avoir volés dans la bibliothèque au parfum de cire, un soir où l'incompréhension des "mûrs" m'avait fait tomber d'une étoile. Curieuse, j'avais décodé leurs tabous, soutiré leurs sens, aimé leur poésie, mais jamais je ne les avais fait danser au rythme soutenu d'un changement de pied!

ELLE DIT : Quel *bacoulou* !
À la limite de l'étouffement syllabique, Fet Nat cherche refuge dans les "ou".

JE DIS : Tu n'as rien compris, écoute plutôt, c'est la chanson d'un poète, d'un troubadour.
ELLE DIT : C'est bien ça, un troubadour ! Tu as le *coco* dur ?
La lippe insolente, Fet Nat me tient tête. Une fois de plus, je bois ses paroles, nectar de notre histoire. Délire. Délices.

JE DIS : L'heure est au chant des mots... Écoute !
L'HOMME DIT :
Je l'ai tué, je l'ai tué !
ELLE DIT : J'en étais sûr. C'est lui. C'est lui, le tueur de Mama Rose !
Le regard inquisiteur, le geste rapide, Fet Nat, pour vérifier ses dires, a entrebâillé un coin de tissu de notre chapiteau. Elle regarde.

JE DIS :
Il tombe.
ELLE DIT : Tu rêves! Il est debout. Regarde.
L'homme se retourne, sans sourciller. Aucune trace de vie sur son visage. Des mots. Accroché un instant à ses lèvres, je crois apercevoir un sourire. Ombre triste sans soleil. Esquisse de vie. Trouble d'un homme qui pleure la chaleur d'un amour disparu. L'illusion enfuie, ne lui reste pour éclairer son visage qu'une réelle solitude. Tout juste si je perçois un léger frémissement de sa moustache hirsute.

JE DIS :
Écoute. .
ELLE DIT : Jamais je ne t'ai écoutée avec autant d'intérêt !
JE DIS :
Une voix dans le soir a crié !
ELLE DIT : Cette fois, tu délires, ma gazelle, personne n'a crié si ce n'est mon ventre couineur.
Imperturbable et, pour la première fois de ma vie, sûre de moi, j'affirme sans peur la cruauté de Fet Nat.

JE DIS :
Sur la mer sombre : Tu l'as tué !
Fet Nat, déchaînée par le verdict des mots, me saute à la gorge.

ELLE DIT : Tué qui ?
Ses mains serrent une proie joyeuse. Ma voix fait écho à la poésie. Je bénis le régisseur-poète qui inconsciemment vient de retourner la situation à mon avantage.

IL DIT :
Comment l'ai-je tué, mon Dieu, de ces mains blanches
Qui n'auraient pas blessé une colombe
Ni tué une fleur ?
ELLE DIT : Camouflage, *entourloupe de bacoulou* ! Le visage enfoui dans mes paumes, je n'ose respirer de peur d'éveiller les soupçons de Fet Nat. L'homme, lui, a disparu dans la pièce voisine, emportant son secret. Sans laisser le temps à Fet Nat de réagir, j'emboîte avec ferveur la suite du poème.

JE DIS :
Ah ! rien ne savait qu'il vivait,
Et tout ignore qu'il n'est plus
Et l'aurore se lève encore.
Un bruit mâle se donne au silence. Il s'approche. Sa voix grave fait frissonner de plaisir le léger duvet avant-coureur de puberté dressé sur mes jambes.

IL DIT :
Rien ne le pleure.

Pas un sourire de la terre
Ne s'est effacé;
Pas une fleur, pas un rayon,
Pas une étoile de ma chanson.
JE DIS :
Sans que j'y pense,
Il s'est éteint dans le silence.
Emportée par un souffle, la musique des mots s'évanouit à la poursuite du poète.
Féline, la réaction de Fet Nat ne se fait pas attendre. Empoignant mes deux mains avec fermeté, elle se met à torturer sans ménagement le plus petit, le plus futé, le seul de mes doigts à savoir tourner les pages d'un livre sans blesser le papier. Bleue, rouge, violacée, sa victime est méconnaissable, littéralement mise en charpie par ses longs ongles en mal de proie. Ma douleur aiguë est à la hauteur de sa cruauté, sans pitié !

ELLE DIT : N'oublie pas. Tu m'appartiens. Oublie ces mots. Aime-moi, c'est tout.
Désarmée par mon mutisme, Fet Nat laisse échapper sa colère sous forme d'un vent râleur au

parfum irrité de grossièretés. Sous mes yeux réjouis, elle se décompose, le regard exaspéré par l'incompréhension. Je suis heureuse ! Heureuse de lire dans ses yeux le chaos qu'a occasionnée la force insoupçonnée des mots. Heureuse enfin de comprendre et d'accepter nos différences.

Noire et pubère, Fet Nat a certes joui d'une sérieuse avance sur mes dysharmonies. Le ventre rond, les hanches épanouies, ses deux petits seins neufs bien campés, elle annonce la couleur. Moi, brouillon de femme, j'ai vécu dans le secret de mon nez la honte de mon corps. Seule, avec la curiosité des odeurs, je me suis sauvée du mutisme par la chaleur des mots. Seule encore, j'ai trouvé refuge dans les livres. Gourmande, curieuse, insatiable, je me suis nourrie de l'imaginaire que m'offrait l'univers poétique. Rime après rime, j'ai vécu une vie en opposition à celle, rigide, que m'offraient mes douze ans insipides. Secrète, je me suis construit une citadelle insolite, impénétrable pour les adultes trop conformistes. Sans transition, ma tête a voyagé avec Jules Verne et Boule de suif, tutoyé Bel Ami... tandis que

mon corps toujours isolé cherchait une issue.
La musique s'est évanouie. La poésie, pour la première fois partagée, vole maintenant à la poursuite de celui qui l'a soupirée. Mon corps en mosaïque fait mal. Mal d'un nouveau plaisir, celui de vivre, intensément, le corps libre d'être sans devoir.
Personne, ni même Fet Nat, n'a pu imaginer que mes jours se nourrissaient de la tourmente des vents. Seule, rassasiée de mes folies, les pages blanches de mon carnet secret ont hurlé ma différence. Celle qui connaît les maux d'enfants.
Pour Fet Nat qui, depuis longtemps, ne joue plus à la poupée, je ne suis entre ses mains habiles qu'un jeu parmi tant d'autres, une farce, une récréation. Pas même une couleur. Mais, à ses yeux, ai-je jamais existé ?
Protégée par son grigri aux plumes écarlates, elle joue quitte ou double. Moi, le "Jésus" autour du cou, ma profession de foi en poche, à qui perd gagne. Elle donne les cartes, je les brouille; à présent, j'ai la main.

ELLE DIT : Ne reste pas muette. Couche tes pensées... Tu as un *coup de soleil* pour ce beau parleur ? Pourquoi t'a-t-il laissé chanter ses jérémiades ? Parle !

Son ton s'est rembruni. Mon mutisme sans faille l'irrite. La rage aux lèvres, torturant la boucle de sa ceinture, Fet Nat piaffe d'impatience.

JE DIS : Charles Van Lerberghe. Poète belge né à Gand, mort à Bruxelles. Auteur dramatique, il fut un des maîtres du symbolisme avec ses recueils de vers. Le poème que nous avons déclamé, ton tueur et moi, s'intitule *La chanson d'Eve...*

La suite de mon savoir s'effiloche comme un roman décousu. Fet Nat n'écoute plus. Je n'ai pas la clef de son silence, ne la cherche pas. Le temps est venu pour elle de déguster. Lionne en cage, blessée dans son amour propre, elle lâche prise sans fierté. Le regard en point de stupéfaction, elle accuse le coup, sans brio ! Mutilée de son sourire en peigne, elle perd ses nuances, passe du brun foncé au brun clair, ne sera jamais blanche! Fille ou garçon, blanche ou noire, pour moi, jamais elle n'a eu ni couleur ni sexe, juste un nom, Fet Nat, un regard... une main. Sa peau fut mon refuge. J'y ai enfoui mes formes, désiré son parfum, caressé sa couleur, guetté le premier frisson. Elle m'a tatouée. Son passage dans ma vie tient de la déchirure, pareille à celle d'un œuf qui, prêt à éclore, déchire l'air de sa cassure pour mieux crier sa vie.

Son immobilité est trompeuse. Je profite de cet instant de malaise pour entrouvrir les rideaux de notre théâtre. Une impression de floraison interrompue règne dans la chambre. Une sorte de magie rouge s'est emparée des lieux. Jonché de pétales, le sol mime une mer exsangue. Les rideaux habillés de boutons défaits annoncent un été précoce. Assis au milieu de la mer, un chat, surpris par notre silence, nous fixe.

L'attente est insupportable. Statue de sel en pleine dérive, Fet Nat semble ne pas vouloir réagir. Partagée entre le fou rire et la jubilation, je choisis la poésie, plus juste à mes yeux.

JE DIS :
Afin d'apprendre comme on touche
Ton sein qui frissonne ou ta bouche,
Comme en un rêve, j'ai posé
Sur l'eau qui brille, et la lumière,
Ma main légère, et mon baiser.
La musique mouillée du plaisir des lettres saisit l'ombre des mots pour voiler son frisson.
Depuis la petite enfance, à l'affût des caresses sans cesse ajournées, j'ai trouvé refuge dans les bras de la poésie. Aujourd'hui, une fois de plus, elle me sauve, emportant le malaise qui s'est installé entre nous. Plus généreuse que jamais, elle vient de frapper Fet Nat. Telle une source qui abreuve la plaine et donne couleur aux fleurs, Fet Nat a extrait de son lit infantile une sève brûlante, enfouie dans les pétales de mon corps en bouton. Moi, plus patiemment, j'ai violé son esprit par la force douce de la poésie. Nous sommes quittes de nos bleus !
Étourdie par les rayons timides du contre-jour, une larme, perdue sur les joues de Fet Nat, vient brouiller son regard. Égarée dans sa mer inté-

rieure, Fet Nat tente de retenir en otage le cri de ses pleurs. Du plus profond de sa gorge me parvient un son aigu, sorte de musique douloureuse. L'écume au bord des lèvres, les yeux noyés, elle est presque laide. Je suis satisfaite. Le mot est faible. Immobile, je la laisse se fracasser sur les récifs de son amour-propre. Ma raison d'être en est l'enjeu; tenir bon, ma souffrance ! Fet Nat se noie.

Cruelle à mon tour, j'expérimente son aptitude à survivre. Je sue la bêtise. Elle pue la peur. Incapable de nager, mortifiée par mon calme, elle tente d'agripper "ma main bouée" offerte à sa tempête.

Prise dans ses propres filets, Fet Nat laisse échapper une odeur d'asticot. Délicatement, comme la feuille qui dépose sa vie sur le sol de l'automne en feu, j'impose mon baiser à sa joue boudeuse. Bracelets d'esclave, mes mains maintenant affranchies entourent ses poignets. Son pouls, dérouté par l'emprise que j'exerce, tressaille, s'accélère. Attentive à la maintenir soumise à mon plaisir, mes mains se resserrent, fort, de plus en plus fort.

Lui faire mal. Casser mon cadeau. Lui faire comprendre qu'elle m'appartient.
Rien compris. Je n'ai rien compris à la force du "noir". Rien. Jamais on ne le capture, toujours il renaît. Blanche captive du noir, je m'y abandonne, soumise. Notre histoire vire. Mêlés dans la même sueur, nos corps nus transpirent une odeur âcre de désir. Ma jambe désorientée s'étire à la recherche de sa chair. Funambule sur le rose de son sein noir, un pétale fait rougir le bout auréolé de minuscules boutons chiffonnés.
Le vent souffle, la persienne répond, l'abeille soupire, mon sein reste plat. Pas l'ombre d'un bouton ami. À la recherche d'une nouvelle peau, je déroule mon corps avec toute la force de mes onze ans.
Rouge de la tête aux pieds, les cheveux en bataille, je découvre mon nouveau manteau de presque femme. Béate, Fet Nat reste nue, habillée de ses deux pétales.
Assise sur le bord de la fenêtre, l'abeille vient poser son dard sur le bout rose de Fet Nat. La pénétration est rapide, douloureuse. Le bout,

gonflé du jus de l'abeille, voit s'envoler son pétale. Fet Nat se vide. Mon corps roule sur le sien. Mes lèvres plaquées sur les siennes, je bois son cri, m'essaye au baiser. Ourlées comme une vague, ses lèvres s'entrouvrent, laissent deviner la tempête. Sucrée, sa langue vient enlacer la mienne. Étouffée par le poids de nos corps, l'abeille lâche prise, lâche vie. Un premier frisson raidit nos membres. Sur son corps, je déroule mes pétales. La sueur mêlée à la jouissance, exhale un parfum inconnu. Les mots brûlent. Pas dire. Faire quelque chose ? Improviser. Les mots hésitent. Pl..., plaisir. Mon carré brun pleure. Pleure ses premières larmes de femme. Les mots manquent. Silence. La vie s'écoule.

Octobre 1994

JE DIS : Hé! vous là-bas. Oui, vous le Chapeau Vert ! Savez-vous planter des choux ?
LE CHAPEAU VERT : Née dans les choux ?

JE DIS plus fort, plus haut : À la mode, à la mode...
Le corps convulsé de fous rires, je signe mon côté bâtard, deux tiers enfant un tiers adulte. Entre deux rires et forte de mon innocence, j'ordonne à Fet Nat de danser. À mon désespoir, la tapisserie a remplacé la biguine. Aujourd'hui, «Mon Tout» danse dans la cour des vaccinés. Convertie à l'«adultisme», son zèle à porter le voile l'a fait renoncer aux couleurs de l'enfance. Le geste lourd, l'œil bas, la bouche marmonnante, elle a troqué sa superbe pour un habit triste d'arrière-saison. La vie a déguisé ses traits, dévié ses envies, inversé ses humeurs, débaptisé son humour.
JE DIS : Danse, mais danse donc ! As-tu oublié la biguine, notre biguine ?
Le regard terne, Fet Nat sucre son café.

JE DIS : Savez-vous planter les choux...
ELLE DIT : Comment oses-tu ? On nous regarde.
JE DIS : Qui nous regarde ? Je te regarde. Ne suis-je pas plus importante que tous ces Chapeaux Verts réunis ? Si le regard des autres te

dénature à ce point, tu es vraiment finie !
Ses yeux se plissent. Retranchée derrière les barreaux de sa tristesse, elle ne voit plus le soleil. Le vent a tourné, j'ai ma revanche.
JE DIS : Facile. Trop facile. Un jeu d'enfant. Bats-toi ! Le serpent serait-il devenu couleuvre ? La couleuvre aurait-elle peur de danser ?
ELLE DIT : Continue, moi je m'en retourne.
Rieuse, je l'observe.
Sa fureur l'a quittée. La vie l'a "adultée", datée au visage, empoussiérée d'esprit, enrichie de corps...
Je jubile et calme mon rire. Soudain, pris dans le tourbillon des morfalous de midi trente, nos premiers mots se perdent dans l'urgence du déjeuner. Les chapeaux verts ont fait place aux cols blancs. Refusant les turbulences, le calme se réfugie dans la pénombre, laissant le champ libre au bruit qui s'approprie le silence. Seules, les îles flottantes dressées sur leur crème anglaise offrent leur caramel doré. L'heure est à la gourmandise. Comme un poisson surpris par la main du pêcheur, nous cherchons à revivre. C'est le moment que choisit Fet Nat pour me harponner.

ELLE DIT : On les plante avec les mains... Souviens-toi !

Novembre 1994

Personne ! Personne n'est indispensable. Personne... sauf elle! Mes mains cherchent l'étreinte.
Quatre heures, Fet Nat ne viendra plus. Connaît-elle le côté éphémère des gourmandises ? À cette heure tardive, les gâteaux sont fanés. Elle ne viendra plus. La mise en scène est parfaite. Deux cafés noirs, un baba, trois profiteroles. Trois sucres dans le mien, un nuage de lait dans le sien. Toujours personne.
Quatre heures trente, son café a froid. Le blanc du lait, brouillé au noir, lèche les bords de sa tasse. Fet Nat déteste le froid, les demi-mesures... Enfin, elle les détestait.
– Tu es seule ? me chuchote à l'oreille un Chapeau Vert.

– Non, pourquoi, j'ai l'air seule ? Plutôt crever !
Mes yeux mouillés de solitude cherchent asile sur le mur fatigué. Dans le mur, un clou; au clou, un tableau. Accrochée à son mur, courbée sous le poids des mouettes, une marine orchestre les couleurs délavées du café. À la proue du bateau, le regard perdu dans la mer, un pêcheur assiste sans bouger à la fin d'une histoire.
Le temps s'est ancré dans un silence profond, immobilisant le poisson dans sa course à la vie. Le corps raidi par le fer, l'ombrine entame son ultime combat. Sortie de la mer, la bouche défigurée par l'hameçon, elle dresse son barbillon vers le ciel. Dans un coin, à l'oubli des regards, un oiseau brisé par le cyclone cache sa peur. Le tableau a tout d'une scène de théâtre inachevée. Pas un bruit, pas une parole pour étourdir le vent.
À l'arrière-plan, debout dans l'ombre du pêcheur, un enfant. Pas n'importe quel enfant, "L'enfant aux ciseaux d'acier". Ses yeux brillent. Sans bruit, ses ciseaux dissimulés dans le froid de sa main, il s'avance à pas de mousse, dans l'ombre du pêcheur...

Le bras tendu... je massacre rageusement la coiffe chocolatée de ma profiterole et toujours, je suis seule. Inquiète, je retourne sur le pont, cherche le sourire de l'enfant muet. Le tableau devant moi est vide. Dénudé de vie. Personne. Ni pêcheur, ni oiseau, ni enfant, ni Fet Nat, juste le bleu de l'eau et le pull de l'enfant-mousse qui flotte paisiblement. Le tableau ne dit pas si le poisson a retrouvé la vie... L'enfant ne dit pas pour les ciseaux...
Le rêve est total, ma solitude intacte !

Décembre 1994

Huit heures trente. Personne. Neuf heures s'acharne à me narguer.
Assis derrière son comptoir, Simence, apprenti cafetier, un instant assoupi, retrouve ses habitudes.
Les tables, maquillées d'empreintes, étirent leurs jambes, entrechoquent leur bois. Privées des caquetages du jour, les dormeuses piaffent sur le dallage.

Figés par le sucre chaud, soumis aux supplices de l'attente, croissants, brioches, bolus, allongés sur le plateau des condamnés, s'abandonnent au froid de l'acier.
Neuf heures; Fet Nat, mon "Tout", m'a oubliée. Son absence me fait prendre conscience du rien. "Tout" absente, "Rien" voit le jour, se vêt d'une majuscule. Il m'observe. Triste et amusée, je devine sa force, masquée par le dépli de mon ombre. Je souris. Dissimulé sous son habit transparent, il s'installe face à moi, sur un siège soulagé par le poids de l'absente. Réduit au soupçon par le vide qui émane de sa présence, il interroge mon silence. Je finis même par ne plus lui en vouloir, d'exister !

JE DIS : Garçon, un café et un verre pour mon ami. À peine posé, le café se vide. Ne reste sur la table que le vertige du verre. Prise au jeu, j'appelle le garçon.

JE DIS : S'il vous plaît, une eau avec deux pailles. Les lèvres en baiser sur la paille, j'attends.

Plus rapide, "Rien" fait le vide
Ne plus nier. Oublieux de toute forme humaine, il tente d'usurper "Tout", de vivre à mes yeux. Une larme en équilibre sur mes cils, je martèle de mon poing la surface brillante de la table, comme pour lui faire comprendre la douleur qui est inscrite en moi. Impuissante, je me réfugie dans un livre. Les pages tournent, les mots restent muets. Le silence pèse. Je change de table. Un Chapeau Vert rumine puis, susurre entre ses lèvres.

ELLE DIT : Votre amie, noire, est absente ... Vous savez, je l'ai bien connue.
Trop... Parler pour ne rien dire... Bruitage.

ELLE DIT : Il y a quelques années, elle était plus jeune... moins vieille... elle venait nous voir tous les jours. Oh, jamais elle ne s'asseyait près de nous... Trop parfumée... Seule. On aurait dit qu'elle attendait quelqu'un. Jamais elle ne nous parlait... Toujours, elle attendait... Triste. Son sourire sans rire et sa silhouette ne réapparurent que le jour de votre arrivée! Riait-elle avant ?

Nous, nous la connaissions bien... Elle ne parlait jamais. Un jour pourtant, un jour plus triste que les autres, elle nous vomit pêle-mêle des mots étranges. Il était question de roses, de poésie, de noir et de blanc, de pétales et d'abeille. J'ai oublié le reste. Elle était vieille déjà, radotait... Normal pour une noire, elles vieillissent mal !
La suite des mots se perd dans le vide. Je lâche prise, retourne à ma place. Sur la table, un papier, un télégramme !
Avides, les yeux de "Rien" dépouillent le pli.
Vertige... Ne pas ouvrir... Entrouvrir...

ELLE ÉCRIT : Je suis partie dans les îles...
JE DIS : Facile.
ELLE ÉCRIT : Fatiguée de t'attendre... Peur de te perdre...
JE DIS : ...
ELLE ÉCRIT : Ici la vie est trop noire...
JE DIS : De ta faute, soleil.
ELLE ÉCRIT : Prends soin de toi, de "Rien".
Fermer la lettre, écraser les mots.
Lui, lit son journal. Deux petites rides barrent

son front. Ses yeux regardent dans le vide, le mien. À la page des absents, il s'arrête. Ses doigts inanimés, posés sur un encadré, pourchassent les lettres.

IL LIT : un coeur s'est arrêté de battre. Son prénom se joue d'une fête...
Le soleil timide vient de transpercer les carreaux enfumés du café. Seule, pressée de vivre, une abeille, une autre, les ailes étrangement recouvertes de pétales, cherche la sortie. Sur la vitre, une trace. Sur le télégramme, cinq mots. Les derniers :
– Fais de "Rien" ton "Tout".
Reste le vide de l'absente.

IL

Troisième partie

Histoire de ne rien dire

Pas changé.
Toujours café, toujours bourré, jamais seul, le bistrot. Moi, on ne peut plus seule. Ma solitude est trop pour moi, pas encore assez pour elle, ma Fet Nat, mon «Tout». Plus personne avec qui partager, se taire à en crever, jusqu'à imaginer...
Le regard perdu dans le vide, je cherche à percer le néant.
Lui, je l'ai trouvé.
Lui, «Rien».
Moins seule, j'aurais pu ne rien voir, passer outre ce vide. Devant moi, rien ne bouge, ni la chaise, ni le cri de la chaise et pourtant, il est assis, face à moi. Il me regarde, sans yeux, dépouillé d'os, de peau, nu, sans poil ni vie. Il a froid, ne sait pas, ne connaît pas le froid, ne sait pas pleurer de joie. Le teint livide, le regard vêtu de ma tristesse, il

est ma solitude.
Le jeu s'est installé entre nous. Il a pris l'avantage, effilochant ma peine au gré de ses humeurs.
Dans un premier temps, nos gestes discrets cherchent un sens, s'épient, s'apprivoisent. Pressés de combler le vide pour vivre notre nouvelle complicité, nous avons décidé d'écrire un journal.
Nos premiers mots sont détachés. Il faut fausser compagnie à «Tout» plus que jamais présente, cicatriser la douleur laissée par son absence, se détacher petit à petit de son emprise. Négocier avec la tristesse, taire ses émotions.
«Rien», hostile à cette sapience, est sur la défensive. Garde-fou de mes idées sombres, il se montre vigilant; nous écrirons séparément.

Moi

Ce matin, l'urgence a inventé mon réveil.
Du noir, je suis passée au bleu. Mes premiers gestes engourdis parlent de vivre. Inspirée, je prend mon crayon. La journée appartient à mes gestes nouveaux, la rue, aux étudiants révoltés.
Provocateurs, les barbelés étalent leur ferraille.
Les policiers lancent leurs bombes lacrymogènes, ne pensent pas, encerclent les étudiants.

Seul le bistrot, «Le Perroquet», me regarde penser, écoute mes gestes. À côté de moi, assis, un homme, une femme, jeunes. Leurs regards se cherchent. Les mains dessinent. Trente centimètres avant de s'effleurer, un biscuit à partager, à tremper. Fuite des regards.
L'homme soupire, délie ses mains précieuses.
Des mains qui soignent. L'hôpital est sur ses lèvres, l'odeur du blanc habite ses mains. Piano des doigts sur le froid de la table. Prétexte pour ne pas se toucher, ne pas devoir, se protéger!

Peur d'oser.
Deux heures, «Le Perroquet» lisse ses plumes, perd ses couleurs, retrouve sa quiétude. Les bras se croisent. Les bruits s'épuisent, parlent de ton absence. Tu n'es toujours pas là. Dur, trop dur.
Partir. Penser au bonheur, à ton nouveau bonheur. Vivre ce bonheur, pour toi, pour nous.
Assise au milieu du cliquetis des couverts, j'ai envie de hurler ma peine. Ta chaise est vide, j'ai commandé un ballon de rouge.
Face à moi, deux barreaux ronds, quatre lattes plates, la courbe de ton dos, sans dos.
Les gens parlent. Trop. J'ai besoin de combler le vide. Les chaises grincent, raclent le sol du «Perroquet».
Je me retourne, mon regard cherche ta présence.
Imaginer la douceur de ton sourire, le parfum de ta peau... la fragilité de cette mèche qui, elle, tutoyait l'intimité de ton cou.
Vide, la chaise, ta chaise.

Rien

Faire vivre mon vide pour mieux me fondre dans la réalité. Que vous dire de ma vie, si ce n'est qu'elle est inexistante ? Je ne suis qu'un espace libre échappé d'un tout infini. On ne voit pas mes os, je n'ai pas d'os. À vol d'oiseau, on me contourne sans déployer une aile et pourtant, je suis une réalité inscrite dans l'abstraction. Âme errante, je puise ma voix dans l'esprit des mots. Les livres sont mon refuge, les lettres mon voyage. Esprit malin, j'utilise la souffrance des êtres en chair pour me nourrir, leur souffle pour me déplacer.

ELLE, c'est la souffrance. Ma nouvelle souffrance. Assise devant moi, au soir de sa vie, elle somnole. Prostrée dans l'attente, le geste épuisé, elle tend à Fet Nat, l'absente, une main aux doigts désunis par le rhumatisme. Fatiguée de feindre une présence disparue, sa main lasse, éclaboussée par le temps, cesse de fouiller l'air, tombe, inerte.

Moi, pour rien

Me détacher.
Succomber au manque. Bousiller tout. Fermer les yeux. Ne plus bouger. Jouer le jeu. Ne plus feindre la mort, l'habiter. Pénétrer cette pomme. Qui a déposé cette pomme ? Je déteste les pommes. Mordre leur chair, c'est croquer la vie. Je ne veux plus ni mordre, ni croquer, juste pénétrer. La peau du fruit transpire septembre au verger.
La pulpe habitée par un ver est juteuse, quelque peu avancée. Habitué à ne voir que le côté amer des choses, un vermisseau s'arrête, me dévisage, puis passe.
Suis-je meurtrie au point de ne plus susciter que la nausée?
Il faut sortir de cette chair.

Moi, sans Rien

Je l'ai semé.
Aujourd'hui, sa présence m'est insupportable.
Le café brûle. Cinq heures, «les échaudés» flétris sèchent. J'ai décidé d'enfourner «une plombière». M'éclater, me goinfrer pour mieux gonfler. Ce soir, face à mon miroir, personne n'y verra rien. Je serai seule. Seule à voir mon ventre pansu dégouliner sur ma taille de bourgeoise.

ELLE DIT : Garçon, un éclair, une barquette, un chausson...
SIMENCE : Et avec ceci ?
ELLE DIT : Une tuile.
Mon regard traverse les vitres, filtre l'air, écoute... dévisage sans mot dire ce printemps qui est là, inutile.
IL DIT : Madame rêve d'une sortie en barquette ?
La voix est un «IL».
Le «IL» est vieux. Rond de haut en bas. Un régal pour les femmes squelettes. Mes pieds craquent,

répondent aux mots, cherchent la chaleur de l'engelure.

IL DIT : Il y a quelques années, j'ai connu une femme délicieuse qui vous ressemblait... étrange.
ELLE DIT : Vous permettez, j'attends quelqu'un.
IL DIT : Elle est en retard ?
ELLE DIT : ...

La grimace est douleur. Les larmes montent, glissent, s'étirent sur ma joue. À tout prix les retenir. Ne pas fermer les yeux. Les ouvrir pour ne pas donner de soupçons à la mort.

IL DIT : Permettez que je vous tienne compagnie...
ELLE DIT : La place est occupée.
IL DIT : Vous plaisantez !
Ses yeux déjà ronds s'arrondissent.

ELLE DIT : Monsieur, il y a des mois que je ne plaisante plus.
Le Vieux me regarde, muet, cloué par tant de rancoeur. Je le regarde, détourne la tête, trop de

douceur, de musique. Trop tard. Désespéré, il plonge, ose.

Il dit : Vous souvenez-vous ? C'était en juin 1950...

Moi, pour en finir avec les sucres

Nous sommes trois à parfumer l'air de notre silence, et pourtant, je suis seule. Seule, avec pour miroir quatre paires d'yeux. Deux me dévisagent, deux me déshabillent, envisagent. Les plus jeunes, deux olives vertes aux contours poilus, observent attentivement mon aptitude à ne plus bouger. C'est le chien. Les deux autres, moins vifs, plus insistants, encombrés d'épais sourcils blancs, cherchent à surprendre le secret de mon mutisme. C'est le Vieux. Un rien les sépare, tout les unit.

ELLE DIT : Garçon, un café avec trois sucres. À côté de la tasse, les trois sucres.
SIMENCE : Voici, Madame désire-t-elle autre chose avec son café, une tuile ?
ELLE DIT: Pas aujourd'hui, Simence, la vie m'est bien trop indigeste.
SIMENCE : J'ai observé les sucres de Madame, Madame ne va pas bien.
ELLE DIT : Madame surnage, Simence.

SIMENCE : Trois, c'est un de plus qu'hier !
ELLE DIT : Peut-être me faudra-t-il couler pour apprendre à nager seule ? Avez-vous déjà voyagé en sucre, mon bon Simence ?
SIMENCE : Je préfère le salé du radis. Sa ligne sans angle est plus appropriée à ma gourmandise.
ELLE DIT : Si on plongeait ensemble, dans ma tasse ?
SIMENCE : À nous deux ? Voyez plutôt avec le Vieux, en face, il vous dévore des yeux.
ELLE DIT : Le Vieux avec son chien, lui... non, il m'a déjà croquée !
SIMENCE : Allons-y, déballez.
Entre mes doigts, le papier n'oppose aucune résistance. Fatigué de sucrer, il s'offre à mes doigts.
SIMENCE : Notre billet... un aller-retour ?
ELLE DIT : Aller, sans inquiétude...
SIMENCE : Retour ?
ELLE DIT : En fonction du volume de la tasse, de la concentration en caféine, de la teneur en sucre...
SIMENCE : Vague !

ELLE DIT : Exact. Prenons la première, celle qui sans inquiéter personne nous portera vers le fond. Tournez, mais tournez donc la cuillère, Simence, plus vite. Sans attendre le tournis du couvert, je m'installe sur le sucre. Le café enserre ma taille.

ELLE DIT : Sautez, mais sautez donc, Simence ! Le sucre, pressé d'en finir, coule sans bruit. Seule au milieu de mon carré blanc, je regarde le cafetier. Ses bras, de plus en plus grands, me font signe d'annuler le voyage. Cernés, ses yeux ont raté le départ, restent suspendus au bord de la tasse. Le café monte, je descends, m'égare dans sa chaleur. Encerclées, mes mains battent de joie la surface du café, comme le fait un enfant pressé de découvrir le toucher de la mer. Sous mes pieds, la fin du sucre; plus bas, ma fin, proche. Une étrange sérénité engourdit mon corps. Ne plus bouger, accepter l'étreinte. Fermer les yeux, se laisser fondre. Mon nez à hauteur de la crème respire une dernière fois l'ennui des vivants. Ne plus souffler, se laisser glisser. Vivre ce dernier

voyage. Ouvrir les yeux, fixer la mort qui m'appelle, la vie qui me lâche. Certains diront «mourir dans son café, quelle misère», moi, pour la première fois je suis bien.
Touché. Sur la pointe des pieds, j'ai touché le fond. Attendre, trente secondes ... une minute... Combien de temps vais-je m'agripper à la vie ?
Le noir s'épaissit. Une minute trente... Demain, mon plat du jour restera là.
Peut-on laisser un jour sans le vivre ? Le teint se brouille, l'esprit déraille. La nuit a remplacé le jour. Impossible. Mes jambes se cherchent. Mes pieds ne répondent plus. Vouloir. Il faut vouloir à en crever. Oublier l'illusion de la nuit, ne penser qu'à la douceur du soleil. Accepter son corps, réinventer ses gestes, apprécier ses faiblesses. Vivre.
Sur la pointe des pieds, je libère le marc du poids de ma souffrance.
Remonter.
Les bras tendus vers le haut, je fais surface, effleure le blanc de la crème. Le noir s'éclaircit. Ma bouche en blessure s'offre à la vie.
Mes premiers mots sont pour Simence.

Cramponnés au bord de la tasse, ses yeux ne m'ont pas quittée. Seules, deux larmes perlent le long de ses joues.
Ma voix parle, répète : ne pas oublier le jour, se cramponne à ce petit rien de vie. Je renais.

Rien, de bon

Plonger.
Sans hésitation, elle va plonger ! Avant de se jeter, elle a commandé. Un ballon pour la forme, un café pour le voyage, trois sucres, trois blancs condamnés. Le bord de la tasse reçoit l'écume mousseuse du café sous pression. Le premier à pénétrer le noir trouble les bulles qui s'écartent, une tache apparaît. Petite, puis de plus en plus grande, elle s'impose, dessine le contour d'un visage. Un nez. C'est un nez de mai, immense, un nez de foin.
Le menton sans cesse remodelé par le jeu, s'allonge. La tache vire au brun, c'est la respiration du sucre qui joue dans l'écume. Le second sucre, moins téméraire, s'agrippe, colle un fragment de seconde, tombe. Le visage a disparu. Une île apparaît.
Enfin, le troisième plonge, c'est le bon, celui qu'elle a choisi pour le voyage. Les bulles se dandinent, la tache dessine. Un landau. La mort est

un retour au berceau de l'enfance. Éphémère, le temps de vie de l'innocence.
Le café frissonne, elle est assise sur son sucre. Elle se croit seule, ne l'est pas. Elle a décidé, ne reviendra plus.
Assis devant nous, un vieux, très vieux, la regarde, la reconnaît. Ses yeux ronds sont habités, lui ont fait l'amour, l'ont aimée, l'aiment toujours. Ses gestes lents ont fini de danser; fatigués de parler, ils se sont croisés. Et encore, et toujours, elle descend, sans rien dire, sans demander.
Son visage, à présent serein, semble habité par une paix intérieure toute proche.
Le niveau du café diminue, sa bouche ouverte pourrait hurler, ne crie pas, sourit. Sur l'eau mélangée au café, une couronne de neige, ses cheveux, une résille, pour se souvenir. Longtemps, ils surnagent, souvenir blanc piégé par le goût amer. Une minute... une minute sans sucre, sans cri, sans cheveux, disparue. Elle a démissionné, renié notre correspondance.
Deux minutes trente... la toucher, lui demander d'oublier, mon rien, mon envie d'usurper

«Tout», mon inutilité à la sauver.
Impossible, pas même l'espoir de la respirer.
Attendre. Mon inutilité me fait horreur.
Ne suis-je donc pas capable d'autre chose ?

Moi et lui

Lui, c'est le Vieux.
Jeune, il le fut, un jour. Un jour de juin 1950, une nuit. Aujourd'hui, on ne peut pas deviner son âge, il n'a plus d'âge. Ils sont deux à s'être assis dans le café; l'autre, c'est son chien. Aucune trace d'abandon. Juste du papier à musique, des notes volées à son imagination.
Assis derrière son thé, son Earl Grey, il fait jouer sur le marbre froid du café ses doigts potelés, reste d'enfance gourmande.
Il est compositeur, le Vieux, il m'a aimée, s'appelle «FA» depuis cette nuit-là.

L'histoire de «Fa» remonte à la nuit des temps, une nuit de juin 1950.
Sans me regarder, sans hésiter, il m'avait offert la première note de la gamme. Un fa, un Prince pour notre première nuit.
IL DIT : *En Chine, la première gamme fixée était pentatonique, gamme de cinq sens : fa, sol, la,*

do, ré. Je continue ?
J'acquiescai d'une moue amusée.
IL DIT : *Chaque note avait une signification symbolique, la première, le fa, représentant le Prince, la seconde le Ministre, la troisième le Peuple, les deux dernières les Affaires et les Objets. Je continue ? Il n'avait pas attendu ma réponse !*

IL DIT : *L'ajout ultérieur peut-être vers le VIIe siècle avant J.-C., d'un do et d'un fa bémolisés donna une gamme heptatonique.*
– Peut-être, en effet», avais-je ajouté pour ne pas laisser transparaître mon ignorance.
IL DIT : *Je continue ?*
La nuit s'annonçait belle, nous étions seuls. À deux. Inutile donc d'y mêler la Chine entière, j'avais coupé net la leçon de musique.
JE DIS : *Tu seras mon Prince.*

Nous sommes au printemps; lui n'a pas encore quitté l'hiver, ne quittera jamais l'hiver, aime l'hiver. Habillé d'un col roulé, il tortille son crayon, dessine.
Difficile de l'oublier, difficile de ne pas l'aimer.

Libérée de mes idées noires... je peux enfin admettre qu'il est revenu.
Rien, lui, n'admet pas. Soucieux de mes moindres écarts, de mes plus timides regards, replié dans son silence, il guette les soupirs de Fa, reçoit bien, interprète mal, sent bien que quelque chose lui échappe.
Le souffle en sursis sur la main de Fa, il tente un instant d'arrêter la note qui fuit, le mouvement qui écrit.
Attentif aux notes qui n'ont pas été retenues, il récupère les sons en fuite, croit qu'il pourra très vite jouer de la musique, attirer mon attention, comme le Vieux avec son chien et son Earl Grey.
Le chien, lui, a deviné la présence de «Rien», connaît sa force. Derrière des barreaux, ils se sont déjà rencontrés, sont devenus amis, ont aboyé leur solitude, ensemble. Maintenant, le chien est accompagné. Il est gardien des soupirs. Apaisé, il se recouche, dépose ses moustaches sur la chaussure du Vieux, regarde voler les notes, sûr qu'il ne rêve pas, ferme les yeux. Rien, furieux d'avoir été démasqué par ce chien trop heureux, fuit.

Rien, à voir

Rien à voir, si ce n'est eux.
Assis face à face, chacun à un bout du bistrot, ils s'observent, attendent la faille. Celui des deux qui le premier craquera. Le Vieux occupe ses mains. Ses yeux attendent l'inspiration. Le bistrot écoute l'imagination du crayon, aime le silence de la musique. Le chien ne comprend rien au silence. Têtu, il force son maître à parler, lui qui depuis si longtemps ne parle plus, marmonne des notes au silence. La peur s'est installée. La peur va du chien à l'homme, joue dans l'eau des yeux.
Le chien, inquiet de la force qu'ils mettent à se taire, met toute son énergie à saisir ce qui se passe.
L'homme soupire.
ELLE joue encore avec des sucres, ne pense plus au voyage. Leurs regards se croisent, se touchent déjà, plus insistants, plus mûrs à se reconnaître.
On n'entend pas encore la musique, juste le

souffle des notes, l'attente avant une liaison.
Et je parle, parle, ne connais ni l'amour, ni les femmes, ne vis que pour et par la solitude, ne jouerai jamais de la musique.
Dans ma bouche baigne un goût amer de liaison ratée. Dans leurs yeux, un jeu qui a fini de jouer, qui va peut-être aimer.
Qui fera le premier pas ? Tant de choses semblent les unir. Lui, a déposé son crayon, ses notes, fait la pause.
ELLE, tourne, encore, dans son café, hésite, décroise ses jambes, cherche sa chaussure, va se lever.
Il faut ajourner cette rencontre, ne pas se précipiter, comme l'oiseau trop jeune redoute le premier envol, la fragilité de la branche, l'arrivée du chat. Il faut craindre ses faiblesses.
Moi, je n'ai rien à décroiser, juste à envisager l'attente. Peut-être préférera-t-elle ma solitude à l'inconnu ? Qu'a-t-elle à attendre d'un homme ? Comment me battre contre l'inévitable ?
Le jeu est pipé. Lui, le Vieux, a oublié son âge. Il croit encore. Il croit qu'il peut encore. Ses yeux la désirent, moi je n'ai pas d'yeux. Il peut la tou-

cher, la séduire par le souffle de sa musique, moi, je n'ai pas de musique.
Leurs regards se désirent. Mise à nu des regards. Lui, se lève. Il a décidé, n'hésite plus. Son pas lent, démodé, fracturé par le temps, a plus de trente ans, s'en fout d'en avoir trop. Sa tête ne pense plus, dirige son corps, son hiver, et ses notes vers ce qui pourrait encore revivre.
Il va parler... non, il fredonne, ne parle plus depuis longtemps, n'a jamais parlé, ne fait confiance qu'à la musique. Son geste se prépare, s'ajuste. La souplesse a fait place à la raideur, la douceur, à une certaine maladresse.
Il aurait pu lui prendre la main par convenance, aurait trahi. Tant d'années les ont séparés, une nuit les a unis. Sans attendre l'avis de la main, le vieux, Fa, la porte à son nez, la renifle, la porte à sa bouche. Sans attendre l'avis des doigts, paralysés par le souvenir, il les suce un à un, les déshabille de leur parfum de femme, les retrouve, tente de les apprivoiser. ELLE ferme les yeux, ne dit rien. Peut-être est-ce la peur de se souvenir, la peur de revivre. La peur que je sache.

Moi, et la peur de jouer de la musique

J'attends.

Malgré la pluie qui tambourine, je cherche la musique sur les fenêtres de ma chambre. J'ai choisi onze heures pour faire mon entrée sur scène, ma première apparition en plis. À septante-quatre ans, on travaille à livre ouvert, plus de temps pour le repassage, les traces inscrites restent, s'incrustent, dessinent l'image d'une vie écoulée.

Mes cheveux noués en chignon dégoulinent en larmes sèches sur mon chandail. Plus de temps pour les pleurs. J'ai rendez-vous. Mes mains tremblent.

Il faut maîtriser les pleurs, chercher l'aide d'un miroir. Le tirer du sommeil sans le brusquer, l'habituer en douceur aux marques du temps. Couché depuis de longues années il n'est pas prêt pour le quotidien, n'aime que l'éclat.

Mes plis, figés dans un rictus misérable, essaient de sourire, forcent le rire, espèrent l'indulgence du miroir. La grimace ne lui plaît pas. Trop émo-

tive pour le reflet. Vieille !
Mes rides se heurtent à la complaisance. Tant de lignes... tant de creux pour un seul visage... tant d'années inscrites.
Moi, j'ai rendez-vous à onze heures. L'heure s'écoule, le temps manque. Inutile d'en faire trop. Un chandail bleu suffira. Lui a fêté l'après-guerre, notre première nuit, 68, puis n'a plus été aimé pour sa couleur, s'est endormi.
Dix heures trente, la pluie jette ses pleurs en rafales sur les carreaux du café. Assise, j'ai pris une avance sur le temps, la place la plus à l'abri des regards, celle qui disparaît dès que l'on pénètre dans les profondeurs du café.
Je suis calme. J'appelle le serveur. Simence cherche. Cherche la voix qu'il connaît, a changé, ne reconnaît plus. Sans même attendre le son de sa voix, j'annonce, le ton clair, le geste vif : Nous serons deux, comme si j'annonçais «Grand Chelem».

SIMENCE DIT : Madame attend... une visite ?
Le timbre étonné de sa voix me fait prendre

conscience de l'absurdité de la situation. Il est trop tard pour reculer.

JE DIS : Un homme. J'attends un homme.
Mon cri, qui ne voulait pas en être un, a claqué comme un fouet. J'ai crié un sexe, pas encore le nom de l'homme, juste son sexe.
Onze heures. Il est en retard. J'ai chaud. Mon chandail bleu cache la misère de ce corps qui transpire.
Affaissée dans mon fauteuil, immobile, j'écoute, les gouttes de peur, de fausse chaleur qui, une à une, imprègnent mon chandail. Je n'ai plus ni pensée, ni vocabulaire, je coule, ne peux plus penser qu'à la chaleur. J'ai soif, commande une menthe, je déteste la menthe, il faut couper la soif, j'aurais coupé la mer.

SIMENCE DIT : Tout va bien, Madame... Voici votre menthe. Elle est très froide, peut-être trop fraîche. À votre place, je patienterais quelques minutes.
Je l'écoute, bois ses conseils, aurais bu la mer

entière. Le chandail colle. Il fait une chaleur de serre. Je cuis à l'étouffée. Un premier vertige me surprend. Il faut fuir, disparaître avant le second vertige, ne pas donner de chance à la peur.

Rien, de tel que la solitude pour parler

Le Vieux ne sait pas, ne sait pas qu'ELLE ne viendra pas, qu'elle a eu chaud, trop chaud à raviver ses souvenirs. Moi, je sais. Mon peu de chose, mon Rien, s'est mêlé à ses gouttes de peur. Ensemble, les larmes et moi, nous avons ruisselé le long de son corps, aimé le grain, la fatigue de sa peau. Le velouté, lui, est resté fidèle au passé, inchangé. Le temps, pressé de vivre, a fripé sa robe, inscrit l'obsession dans sa mémoire. Fa est assis à sa place à elle, exprès, dans le fond du bistrot. Le chien épie le regard de son maître, cherche à comprendre le changement de place. Habitué, il aimait cette place à côté des Verts.
L'attente s'est installée dans les yeux du chien. Aux aguets, il contrôle la fuite des notes, les pauses de son maître. Son maître ne comprend rien à la peur, a décidé de croire, d'attendre.
Malgré sa fuite il y a plus de quarante ans, il croit à sa chance, à l'indulgence des plis.
Ses yeux se sont voilés. Peut-être est-ce mieux.

Il avait trente-cinq ans en 1950, elle trente. Lui, donnait naissance à la musique, enfantait les notes; elle, jouait de la musique.
La tête penchée sur le bois de son instrument, elle jouait du violon, ne l'avait pas aperçu.
Lui non plus.
Elle, plongée dans l'âme de son violon, lui, dans son imagination... ils auraient pu se rater... ne jamais rien partager.
Elle, répétait avant le soir, avant les clients qui venaient dans le bar.
Lui, était là, par hasard, trop absorbé pour voir.
Impatient, il avait voulu commander, on lui avait dit qu'il était trop tôt pour boire.
Il n'avait pas aimé, n'aime toujours pas qu'on lui tienne tête, serait parti s'il n'y avait eu la musique, une autre, différente de la sienne.
Plusieurs fois, il avait voulu corriger, donner plus d'intensité à un sol, éteindre la vigueur d'un do. Il ne s'était pas manifesté, avait écouté, s'était imprégné.
Elle, à plusieurs reprises, s'était fâchée, contre elle, contre le bois; avait à chaque fois recommencé.

La lumière s'était éteinte. Le crayon du Vieux avait découpé le silence.
Elle n'avait pas arrêté sa musique.
Lui, furieux, sans crayon, avait cherché l'interrupteur. La lumière enfuie revint.
Elle jouait toujours, ne s'était pas aperçue de la coupure; les yeux fermés, elle jouait.
Étonné, il déposa pour la première fois son crayon retrouvé, la regarda pour la voir, elle, juste elle.
La musique éternua, reprit, buta plusieurs fois sur un la, reprit encore inlassablement parce qu'il faut vouloir pour jouer de la musique, vouloir sans mesure.
Il avait crié, pour lui, pour elle, aboyé, pour que cesse cet acharnement stupide, ce massacre, pour qu'elle comprenne sa bêtise, l'écoute.
IL DIT : *Bémol, «si» bémol !*
Trois mots, une répétition de mots, un point d'exclamation pour changer le son d'un la, le cours d'une vie.
Interloqués, ils s'étaient devinés dans la pénombre du bar, cherchés déjà.
ELLE DIT : *Sans vous, j'aurais trouvé aussi!*

IL DIT : *Plus tard, vous auriez compris plus tard, dans une heure, peut-être deux, jamais. Je n'aurais pas eu la force, ni le courage de vous écouter plus longtemps.*
ELLE DIT : *Qui êtes-vous ?*
IL DIT : *Rien, encore.*
Peut-être qu'un jour... Ce jour-là, je serai compositeur. Je vous explique...
ELLE DIT: *Il n'y a rien à expliquer.*
Le ton de sa voix s'était durci, n'aimait pas cet homme et ses manières.
ELLE DIT : *Je suis en retard, excusez-moi.*
Elle aurait pu ne pas insister, remettre à plus tard le «bémol». Elle reprit, pour oublier sa faute. L'homme.
Une voix de derrière les rideaux hurla : «Dix minutes encore, dix minutes, Vic».
Elle s'appelait Vic, de Victoire, portait bien son nom, était musicienne, oubliait les bémols, jouait dans un bar.
Le portrait rapidement brossé semblait plaire au musicien.
Les premiers clients s'installèrent. Lui, ajusta les plis

de son pantalon, prit place dans un autre fauteuil moins soumis à ses formes, moins chaud, plus près.
Elle avait disparu dans les replis du rideau. La salle se remplissait. Jeunes, moins jeunes, chacun à sa manière attendait quelque chose de cette nuit, d'elle.
Elle était belle, elle était jeune, très, trop pour lui. Des jambes, de longues jambes... des jambes à n'en plus finir. Elle était tout en jambes.
Le reste était donné par sa musique, offert, mis à nu.
Elle n'entonna pas tout de suite, fit prendre plaisir à écouter le silence, s'accorda un instant.
La première mesure était un appel. Toute histoire commence par une interrogation. La suite parlait d'amour, déjà, le bois de passion.
Absorbés, les hommes ne voyaient plus que la femme, la main, les doigts, le corps de la femme, ils aimaient la musique pour la femme.
Lui, aimait la femme pour sa musique.
Elle, ne jouait plus que pour lui, ne le savait pas.
Les yeux fermés, elle avait aimé sa façon de râler, d'en vouloir à la vie.

Personne ne s'aperçut des prémices. Seul le silence était là pour soutenir les débuts fragiles, la détresse de leurs regards. C'était en juin 1950, une nuit, sans lendemain.

Moi, Vic

Simence, debout devant moi, le corps engoncé dans son habit de pingouin, se tortille, parle pour se faire plaisir, pour plaire.

SIMENCE DIT : Monsieur est venu hier... L'homme, votre homme !
Un sourire de circonstance est accroché à ses lèvres.
Assise, imperturbable, devant le noir de mon café, je lis la nécrologie des Chapeaux Verts, espère ne rien laisser transparaître.

SIMENCE DIT : J'ai dit qu'il était en retard, que... Je vous dérange ?
La voix est inquiète, à peine audible.

JE DIS : Continuez, Simence.
SIMENCE DIT : Je disais que... je lui ai dit que... vous n'aviez plus le temps d'attendre. J'ai dit... je crois... que vous étiez trop occupée... Je ne lui

ai rien dit pour la chaleur.
JE DIS : Chaleur, de quelle chaleur parlez-vous, Simence ?
SIMENCE DIT : Rappelez-vous, faites un effort, je vous en prie. Le cri, l'homme ? Rappelez-vous donc !
Il n'avait plus envie de rire; juste dire, sans sourire.
JE DIS : Vous avez chaud, Simence ?
Sans attendre mon offre, Simence s'est assis, face à moi, suppliant.
SIMENCE DIT : Il a deviné...
JE DIS : Deviné quoi ?
SIMENCE DIT : Pour la chaleur, pardi, la vôtre !
Le ton de sa voix s'est durci, il a décidé de sa journée, la veut belle.
SIMENCE DIT : Ensuite... Si je vous intéresse encore avec mon histoire...
JE DIS : Je vous écoute (il l'aura, sa journée).
SIMENCE DIT : Ensuite, il est parti.
JE DIS : C'est tout ?
SIMENCE DIT : C'est tout.
Jamais le Vieux n'aurait achevé notre histoire sur un «tout». Sa présence assidue dans le café depuis

plusieurs semaines parlait plutôt d'une histoire à deux temps, d'archives éventrées par une douleur toujours présente, d'encre indélébile, de souvenirs.

Je désirais la paix, j'avais Simence, deux yeux ronds, deux noisettes attentives à ma moindre faille. J'étais devant lui comme devant l'Afrique entière, un obstacle à franchir, une histoire incomplète à vivre, à revivre. Souvenirs :

C'était après le jour sans lendemain.

J'étais devant la mer, mes pieds à l'intérieur de l'eau. Il me manquait très peu pour nager, vouloir. Un pas à franchir, un bras à allonger pour nager, un océan à brûler pour sortir de la dépression.

Chaque jour, depuis sa fuite en bateau, je m'étais baignée dans cette mer, engloutie. Du rivage, on m'avait appelée, j'avais enfoui ma tête dans le creux des vagues, ne pas entendre, offrir mon corps à la compréhension de la mer pour qu'elle efface, lave ce corps brûlant d'une histoire sans plus d'histoire.

Je m'étais interdite de bouger, j'avais diminué mon champ de peur, entre moi et moi, m'y étais

réfugiée, flottant à la dérive, n'écoutant que le vent, oubliant ce corps jusqu'à le rendre insensible, ne faisant confiance qu'à la mer pour calmer mon mal, me perdre.
Chaque jour attentive à retrouver ma joie de vivre, je vomissais l'amertume qui me dévorait, pas entièrement, parcimonieusement je l'offrais à la mer pour qu'elle souffre, déjà, à l'idée de me voir disparaître un jour, comme lui.
Sans pitié, je changeais de maison, pour ne pas donner de forme à l'amour perdu. Faire le vide, l'ultime effort pour revivre.

Aujourd'hui, la peur a disparu, la souffrance est restée. Il faut oublier la nuit, revenir dans le jour.

SIMENCE DIT : On vous appelle au téléphone !
Trois minutes pour remettre de l'ordre, délaisser ma solitude, le vent de la mer, écouter.

SIMENCE RÉPETE : Madame, le téléphone pour vous.
Trois minutes pour deviner Simence, craindre le téléphone, hésiter. Se lever, traverser le café, se

traîner, vers le téléphone. Une histoire, une nouvelle invasion, la hantise de ne dire que l'anodin, d'oublier le principal. Tout est possible par téléphone, il suffit d'écouter. Aucune obligation. Seul souvenir, la voix. Plus forte que le papier, elle traverse, transperce, crève tout sur son passage, fait déjà partie des souvenirs.
Ce n'est pas sa voix que j'entends. Ce qui lui reste de voix, un grésillement mêlé à la crainte d'en avoir trop dit ou pas assez. Il ne me fait plus peur. L'angoisse a quitté mon corps, qui a rejeté sa voix. Je l'appelle, le tutoie. Personne. Je regarde le téléphone pour vérifier. Deux pastilles noires, un tronc, pareil à celui d'un olivier, plus noir, sans fruit, sans bruit, juste le gémissement d'une respiration d'homme usé.
Va-t-il oser, après tant d'années, ramener son bateau sur la plage, ou offrira-t-il ses voiles à nouveau déployées au vent de la mer. Mes yeux n'ont plus peur, ils attendent. J'aurais voulu prendre une photo de mes yeux, les fixer sur la pellicule, les lui montrer. Il faut parler.

JE DIS : Allô...
Il est trop tard, il est onze heures, la lumière n'a plus que quelques heures pour batailler l'ombre, il faut raccrocher, sortir de l'instant.
La porte se referme sur la mer, laissant seul le bateau à la dérive, sans voix.
L'heure, c'est toujours onze heures, le café, c'est lui, toujours le même, inchangé.

SIMENCE DIT : Il n'a pas su ?
JE DIS : Quoi ?
SIMENCE DIT : J'en étais sûr, j'ai oublié de vous dire ! Je l'ai inscrit.
Simence, encouragé par mon regard inquiet, ouvre sa main, le papier chiffonné. Le carré dévoile des mots, la vérité.

SIMENCE DIT : Le jour de la canicule..., quand il est parti... ce n'était pas «tout»... il m'a dit : si je n'y arrive pas, si le téléphone, si..., dites-lui : six heures chez Odamé, elle comprendra !
J'ai gagné ma journée, elle sera belle.

Rien, et la force du vide

Le téléphone ! J'ai oublié trois fois rien, le téléphone, l'essentiel. Elle est sortie de la mer, a pénétré l'instant. Il ne faut pas longtemps pour entrer dans la vie, délaisser la solitude. Trois minutes !
J'ai vu la photo de ses yeux, ils parlent d'amour.
L'heure est la même, onze heures pour le café.
La lumière ne peut résister plus longtemps.
L'heure passe, le manque est total, j'ai gagné, je crois avoir gagné. S'il n'y avait eu l'homme, Simence, son besoin de vérité !

C'était en 1950, hier.
Elle s'appelait Odamé. Elle t'avait ouvert les portes d'une chambre. Il n'avait toujours pas lâché ta main.
Vous vous étiez aimés, sans attendre. Lui, pour ta musique. Toi, tout simplement, sans question, pour lui.
À deux, vous ne reposiez que sur le chant de vos corps qui se dénudaient.

Enfermée dans l'instant, sans pause, tu découvrais l'autre souffrance, celle d'aimer. Moi, je vous observais.
Lui, buvait la vie dans tes yeux, ne t'offrait que son corps, rien, écoutait ta musique, la capturait, n'était là que pour ça. Toi, tu l'aimais sans mesure. Ton corps, électrisé par le rythme qu'il t'imposait, ne te ressemblait plus, lui appartenait, ne faisait plus qu'un avec le sien, vivait dans le sien.
Ses mains habituées à composer voyageaient au plus intime de ton corps, sans retenue, uniquement pour son plaisir.
Tu semblais sûre de lui, jusqu'au plus profond de la jouissance qu'il t'offrait, semblait t'offrir.
Toi, les yeux fermés; lui, les yeux ouverts pour écouter, prenait note de ton plaisir, du chant de ton orgasme, pour lui, pour sa nouvelle musique, celle inspirée par les cris qui jaillissaient de ton corps.
Le ciel était encore bleu, tu t'étais endormie dans son corps.
Il avait refusé ce bleu, exigé le noir dans la chambre. Il ne voulait pas d'un noir bleuté. Il ne voulait pas d'une musique jouée à deux mains. Il

voulait ta musique.
J'étais seul à ne pas supporter la composition, les compositeurs.

Ma jalousie à cet instant, je pourrais en parler toute une vie, comme d'une maladie qui ronge pour prendre l'essentiel, le goût de vivre.

Moi, et Fa

J'ai décommandé mon plat du jour ! Stoemp carottes, saucisse de campagne. Dans mon armoire, j'ai cherché le chandail, le bleu du dernier rendez-vous. J'ai pris un chemisier blanc, sans histoire. Un chemisier à dix-huit boutons, plus lent à s'offrir, pour celui qui les déboutonne. Sur ma table de nuit, mon réveil attend le face à face, petite aiguille, aiguille de réveil. La tasse, la cuillère, la vaisselle propre du café, la poussière du violon, l'eau du canari, tout est prêt.

Cinq heures et demi, le réveil sonne, n'en peut plus de souffler ses minutes, refuse le retard.

Il faut partir.

Mon blanc me fait peur, trop blanc pour un chemisier en rendez-vous, trop boutonneux quand on a passé l'âge, trop léger pour la fraîcheur du jour. Rien dans ses mains, pas même un crayon, juste lui, avec la peur dans les yeux. Peut-être est-ce pour me montrer qu'il n'a rien oublié, il prend ma main, l'offre à sa main, la porte à sa bouche,

suce mes doigts un à un. Son pull porte le parfum des notes jetées sur le papier, la pointe de mine fracturée sur la portée, la détresse d'une musique inachevée. Ses yeux, comme la première fois, essayent de déchiffrer le chant qui vit dans les miens. Mes yeux qui inconsciemment se sont remis à jouer.
Moi, je ne veux pas lui offrir la clé, juste comprendre. Lui ne parle pas de réponse, joue l'instant sans question, prend, encore.
Odamé, elle, ne compte plus. Elle n'a plus de chambre à louer, plus de portes à ouvrir, juste nous deux, en souvenir. Elle a bien voulu, pour un soir. Elle s'est assoupie, sa tête repose sur les plis de son ventre, peu nombreux pour quelqu'un qui compte depuis tant d'années. Le numéro de la chambre n'a pas changé, la chambre «oui». Je suis rassurée. Le remous des années, le cri des amants passionnés, le temps, ont fracturé le visage de la chambre, mon visage. Avec les années, il a cessé de parler, le Vieux, ne parle plus qu'au travers de sa musique. Sa tête inclinée vers la droite, portée par une épaule,

chasse les mouches d'un petit mouvement continu. Le reste de son corps semble se débattre pour ne pas suivre l'agitation. Par habitude, j'ouvre le lit, prépare la nuit.
Le rose des draps semble ne pas avoir pâli, un rose sans trace de vie, sans joie. Peut-être est-ce encore un coup du noir, inépuisable le noir.
Sa main posée sur ma joue, il ne s'arrête pas sur mes plis, les néglige, ne désire que leur histoire, leur nouveau parfum. Leur musique.
Je m'assieds.

JE DIS : Je n'ai plus vingt ans.
IL DIT : Asseyons-nous.
Le reste se fit. Sans parler, comme la première fois, plus tendrement, comme on lit un livre de poésie, pour le plaisir des mots, de chaque mot, séparément.
Son corps, c'est la mer, sa main, le mouvement des vagues à marée basse, ses yeux, la musique de l'eau sur le sable. Je quitte le bleu de ses yeux, regarde le sol.
Un bouton blanc repose sur le dos, dans la pous-

sière de la chambre.

La réserve. La réserve de mon blanc, de mon chemisier, le boutonneux que j'ai lavé, repassé pour mon rendez-vous, ouvert devant lui.

Je ferme les yeux, oublie le sol, pense plus loin.

N'ai-je jamais été qu'une réserve, le bras que l'on prend, jeune, pour franchir la houle à la grande marée, le bras que l'on suit, vieux quand on sort de la mer, épuisé, à la recherche d'un rivage pour ne pas se briser ? J'ouvre les yeux, oublie toutes réserves, lui fait l'amour appuyée sur un bras, pour soutenir le poids de mon corps. La joue appuyée contre la sienne, je sens poindre une larme, la retiens. Il boit la seconde, et les autres, s'abreuvent de mon chant.

Il dit : Je t'ai tout donné, tu me donnes tes larmes.

Sa tête qui s'était arrêtée de trembler reprend son rythme, plus rapide au début, comme une montre injustement arrêtée. Le bras encore un peu engourdi, je m'asseois sur le lit, ferme un à un mes boutons, dix-sept plus un, une vie entière

plus un sursis.
Le noir sature le bleu, malgré les rideaux ouverts. La lune est plus que jamais dans les nuages, fidèle à son croissant, suspendue dans la nuit.
La porte de notre chambre fermée, je devine Odamé. Elle ne compte plus, tient sa promesse, recense les étoiles, referme sans le savoir, la porte sur notre histoire. Et puis, les deux pieds dans la rue, je n'ai plus besoin que d'une seule chose. Rien.

Moi, au musée d'histoire

Le tableau semble identique. Pour un profane, ce café est un café. Moi, pour l'attendre, j'ai changé de place. Lui s'est caché dans le fond pour écrire, composer le nouveau tableau. Les couleurs en contrastes, l'ombre amuse les traits.
Dans l'ombre de la pièce, un homme inscrit les limites du tableau, ses limites. Au centre, sous les feux des projecteurs, les tuiles, les profiteroles, les religieuses.
En retrait, l'envie que j'ai d'y mettre la dernière touche.

SIMENCE DIT : Monsieur est assis en demi-teinte dans le clair obscur, il vous attend !
Simence, artiste à sa manière, a compris pour le tableau.
Il faut se lever. Passer outre le cortège des Chapeaux Verts, donner le ton à l'histoire, penser aux yeux qui n'ont plus peur, les miens. Sans m'attendre, le Vieux a commandé, un thé, un

Earl Grey pour être accompagné, pas pour le plaisir. Son plaisir ne vit que par la musique, ne connaît pas d'autres désirs. De sa main, il me fait signe, puis repose sa main, écrit pour ne pas donner son temps au temps.
Il lève les yeux, arrête le crayon, cherche l'inspiration, semble sûr de lui. Ses yeux ne parlent plus de la nuit, chantent ma musique, n'ont jamais parlé d'amour. Sa main tremble, ses yeux ont inscrit la rage dans leurs regards. Ils semblent absents du nouveau tableau, n'en ont jamais fait partie vraiment.

IL DIT : Après sol, ré, mi, do, fa bémol, par quelle note terminerais-tu ?
Je comprends, viens de comprendre qu'elle est inachevée. Sa musique est inachevée depuis quarante-cinq ans. Toujours il l'a cherchée, dans les yeux, les corps de femmes qu'il a pénétrés, toujours il l'a désirée plus que tout, plus que toutes les femmes réunies, plus que l'amour.
Distrait, il prend un sucre, le plonge dans son thé. Son geste ride la surface de l'eau. Jamais il

n'a sucré son thé, n'aime pas le sucre, ne m'a jamais aimée, juste ma musique, la note après le si bémol, l'inespérée. La note qu'il avait devinée dans mes yeux, un soir de juin 1950.
Pour la première fois, je le vois, nu, sans couleur, en négatif. Il est vieux. Il est aveugle et passionné. C'est un musicien sans lendemain.
La pluie a cessé de geindre. Il bâille, n'écoute pas le vent, ne comprendra jamais mon chant, ne découvrira jamais la note imaginée. Elle est dans le vent, le vent de ma mer, le ventre de ma mère, avant.

IL DIT : Tu n'as pas vu mon papier à musique, ma réserve ?
Les yeux rêveurs, le regard distrait, il s'est absenté de sa musique, un instant, m'a regardée. J'ai vu l'océan dans ses yeux, un bateau, la passion qui embarquait pour un autre continent.
Je n'ai pas retenu les feuilles, j'en ai fait des cocottes en papier pour les Chapeaux Verts, un bateau, pour qu'il ne soit pas seul au milieu de la mer.

JE DIS : Je n'ai pas de réserve, n'en ai jamais eue... Mes derniers mots s'effilochent, portés par un voilier aux voiles gonflées de musique, puis disparaissent. Bon pour les souvenirs, bon pour le large !

Rien, dans le vent

Moi, je suis.

Je suis sans histoire, cherche à comprendre son histoire, la mienne, presque ! Son tableau, c'est l'absurdité même. Les rouges sont trop rouges, les traits sont marqués, aucune complicité, fatiguée l'histoire. Vieille.

Lui, l'appelle. Elle s'approche. La photo est dans sa main, broyée, à peine si les yeux résistent aux doigts qui l'étreignent, ces yeux qui n'ont plus peur se sont cachés dans la main, ridés.

Lui, ne lui a jamais parlé d'amour. Moi si. J'ai appris à lui faire l'amour. Au moindre souffle, je lui colle à la peau, la respire, connais ses plus petits replis, ses détours.

Lui, ne la connaît pas. Pas même le temps de cuisson de ses haricots, les blancs, ses préférés. La couleur de son pull, les dix-sept boutons blancs, la réserve, la marque de son savon, le chant de son canari, l'heure à laquelle ses yeux tombent de sommeil.

Sa musique, jamais ne sera achevée. Toujours il y aura moi, pour pousser son bateau plus loin.
Il est vieux, moi aussi, c'est là notre unique ressemblance. Ses yeux sont éteints, les miens sont sans âge, c'est là notre différence. Lui ne l'aime qu'au travers de sa musique, moi j'ai appris à la connaître par petites touches, celles qui font tout, dont on ne peut plus se passer. Elle est partie. Écoute le chant de sa mer, compose à nouveau. Lui, n'a rien vu, ne l'a jamais regardée, n'a pas lu dans ses yeux la part manquante, la note, le si inespéré, n'a jamais regardé ses yeux.
Elle a compris. A vu le vent gonfler la voile du bateau en papier, celui qu'inconsciemment elle a construit pour le rendre à la mer, n'a pas bougé, l'a déposé sur l'eau.
Sait-elle que j'aurais fait glisser le bateau jusqu'à l'horizon et plus ? Sait-elle que je l'empêcherai de vivre avec lui, que jamais plus je ne pourrai vivre sans elle, partager avec lui ?

Moi, pour Rien

JE DIS : Donne ta place.
Donne ta place à la vieille dame. Mon âge est inscrit dans les yeux de l'enfant. Lui ne sait pas pour le Vieux, n'a pas vu le bateau lever l'ancre, prendre le large sans aucune retenue.
Il ne connaît que les mots de sa mère, de son grand-père, une longue histoire, trop longue pour un enfant de cet âge.
Le tram file, bouscule les marronniers sur son passage, tout, même les femmes sans âge, les enfants en cours d'éducation. Les yeux dans les miens, l'enfant cherche à comprendre le pourquoi de ces larmes qui naissent sans pleur. Lui ne connaît que les larmes qui hurlent, les larmes à bobo, ne connaît pas celles qui n'ont pas besoin de chaleur pour perler sur le front des vieilles dames, celles qui naissent dans un écrin, l'écrin de la peur. Il est arrivé, n'a pas eu le temps de me céder sa place, d'utiliser les bonnes manières. Il se lève, marche vers la sortie, me regarde, le corps

enfoui dans la chaleur douce des jupes de sa mère, se retourne une dernière fois. Nos regards se croisent. J'ai envie de lui sourire, essaie, ne sais plus, une grimace peut-être ?
Une main dans sa poche, il lâche la main protectrice, court vers moi, fait semblant de rire pour apaiser les yeux noirs de sa mère, a envie de pleurer, sans bobo. La mère, inquiète devant sa main vide, ne s'est pas vue vieillir. Lui, a grandi. Il me tend un carré de tissu, son mouchoir et ses coccinelles; celles qui naissent dans les mouchoirs ont une tache noire à chaque anniversaire.
Sans attendre, il se retourne, cache son petit corps, ses coccinelles, dans le flot des passagers qui monte dans le tram, ne me regarde plus, descend.
Dix-huit coccinelles sont dans ma main, cadeaux. Les autres sont restées dans sa poche, une seule fera le voyage. Le tram ferme ses portes. La coccinelle sans tissu, s'engouffre in extremis, pressée. Tout juste si elle n'y laisse pas quelques taches. Elle ne se pose pas de questions, dépose son rouge sur moi, attend le prochain arrêt, impa-

tiente. Il faut descendre, ne plus penser, ouvrir la porte pour la coccinelle, se diriger vers le café, m'asseoir devant le plat du jour, attendre ! Entendre la voie du silence, la voix de Simence.

SIMENCE DIT : Monsieur fait dire à Madame qu'il est en mer pour quelques jours, sur son bateau, reviendra, pense à vous. C'est tout, cette fois.
Assis à sa place, celle du navigateur, Rien s'est installé. Pareil à lui-même, il me montre ses pages, notre correspondance, cinquante-huit pages noircies pour rien, pour nous.
Lui ne parle pas, n'a jamais parlé. Son souffle, juste sous la table, par-dessous mon chemisier, ne compte pas, sèche les larmes de mon corps, le fruit de ma peur. Ma peur d'être seule.
Lui a compris, soupire.
Sept mots dessinent la page.
Sept mots pour une lettre d'amour, la seule, la lettre de Rien pour Moi.
Je souris.

Bruxelles, le 20 juillet 1995

Rien, à toi

Il était une fois…

CHEZ LE MÊME ÉDITEUR DANS LA MÊME COLLECTION:

Paul EMOND, *Tête à tête* (roman).

Jean Claude BOLOGNE, *La Faute des femmes* (roman), Prix Rossel.

André BEEM, *Snul* (scherzo).

Jean Claude BOLOGNE, *Troisième Testament* (roman).

Philippe LEKEUCHE, *Quatre écoutes du tonnerre* (récit).

Gaston COMPERE, *Bloemardine ou Du séraphique amour* (roman).

Paule NOYART, *Une femme qui rêve...* (roman).

François EMMANUEL, *La Nuit d'obsidienne* (roman).

PEPETELA, *Yaka* (roman traduit du portugais d'Angola).

Philippe PANIER, *Le Puma* (roman).

Philippe BLASBAND, François EMMANUEL, Chantal MYTTENAERE, *Fureurs* (nouvelles).

Chantal MYTTENAERE, *Le Voleur de fenêtres* (roman).

Claude JAVEAU, *Stances.*

Henry BAUCHAU, *Jour après jour* (pages de journal 1983-1989).

Nicole MALINCONI, *Nous Deux* (récit).

Marc WILMET, *Antepost* (Conte linguistique).

Jean Claude BOLOGNE, *Écrit en la secrète* (Apologues).

Rossano ROSI, *Les couleurs* (roman).

Andreï BYTCHKOV, *Peut-on compter sur le brouillard...* (nouvelles) traduit du Russe.

Werner LAMBERSY, *Anvers ou les anges pervers. Kaléidoscope*

Les Enseignants, *Fureur d'enseigner* (récits).

André SEMPOUX, *Petit Judas* (nouvelles).

Gaston COMPERE, *Journal du Quatuor.*

Henry BAUCHAU, *L'Arbre fou* (théâtre - récits - poèmes).

Claire JAUMAIN, *La dernière répétition* (fiction).

André SEMPOUX, *Le Dévoreur* (roman).

Collectif, *Silence* (nouvelles).

Françoise DANTHINE, *Je* (roman).

Pascale TISON, *Velours de Prague* (roman).

Ce volume de la collection «Maintenant ou jamais»
a été achevé d'imprimer
en janvier 1996
sur les presses de
l'imprimerie Groeninghe à Courtrai
pour le compte de la
SPRL Éditions les Éperonniers
à Bruxelles

ISBN 2-87132-267-8

D/1149/1996/273 1er trimestre 1996